Richard Anders, 1928 in Ostpreußen geboren, lehrte nach seinem Studium der Germanistik in Münster/Westf. und in Hamburg Deutsch an den Universitäten von Zagreb und Athen. Danach war er ab 1965 als Dokumentationsjournalist für den *Spiegel* und *Die Welt* tätig. Seit 1970 lebt er als freier Schriftsteller in Berlin. In den sechziger Jahren stieß er in Paris zur Gruppe der Surrealisten um André Breton.

Werke u.a.: *Die Entkleidung des Meeres* (1969), *Zeck Geschichten* (1979) *Begegnung mit Hans Henny Jahnn* (1988), *Kopfrollen* (1993), *Das entzweite Gesicht* (1996), *Fußspuren eines Nichtaufgetretenen* (1996), *Hörig* (1997), *Die Pendeluhren haben Ausgangssperre* (1998), *Marihuana Hypnagogica* (2003), *Wolkenlesen. Über hypnagoge Halluzinationen, automatisches Schreiben und andere Inspirationsquellen* (2003).

Im Jahr 2004 erschien bei Kairos *Klackamusa: zwischen preußischer Kindheit und Surrealismus: (k)ein Roman*. Richard Anders wurde unter anderem mit dem Wolfgang-Koeppen-Preis (1998) ausgezeichnet.

Kairos Edition 2005
1. Auflage
Copyright © 2005 by Kairos a.s.b.l. – Luxembourg
www.kairos.lu   info@kairos.lu

Lektorat: Jean-Luc Ernst und Cayetana Caruso
Umschlagentwurf und Satz:
Cayetana Caruso
Abbildung auf dem Umschlag: Liebespaar
Nord-Dekhan, 6. Jahrhundert. Ajantâ, Höhle I

Herstellung: Books on Demand, Norderstedt

ISBN 2-9599829-4-0

MIT GITA IN INDIEN
EINE ERZÄHLUNG

von

RICHARD ANDERS

MIT GITA IN INDIEN

Spätestens als ich mit Gita in dem Großraumflugzeug der Air Lanka saß, hätte mir bewußt werden müssen, daß es ein schwerer Fehler war, als 55jähriger Witwer eine kaum 30jährige Frau in einen südindischen Ashram zu begleiten, "um Gott zu begegnen", wie sie sagte, obwohl es mir um ein weit irdischeres Ziel ging, das ohne diesen spirituellen Umweg anscheinend nicht zu erreichen war.

Wegen Nebels - es war Anfang November - war die Maschine in Frankfurt mit zwei Stunden Verspätung gestartet. Unsere Plätze waren in der Nähe des Fensters. Gita hatte wegen ihrer Kopfschmerzen sofort den Sitz nach hinten gestellt, sich ausgestreckt und die Augen geschlossen. So konnte ich ihr Gesicht, nachdem ich meine Lehne auf die gleiche Höhe gebracht hatte, außerhalb des Lichtkegels meiner Leselampe lange von der Seite betrachten, ohne daß sie es mir verwies, wie es oft geschah.

Eine zierliche Stewardess aus dem Land unseres Flugziels brachte uns feuchtwarme Lappen. Und als Gita - ich hatte sie leicht mit dem Ellenbogen angestoßen - sichtbar erfrischt aus diesen Lappen wieder auftauchte, sah ich in ihren Augen von neuem jenen Glanz, der meine Unvernünftigkeit in einem Ausmaß steigerte, daß ich mich zu jedem Opfer fähig hielt, diese Frau für mich zu gewinnen. Sie hatte mir von Anfang an einen sanften aber bestimmten Widerstand entgegengesetzt, zuerst im Oktober an einem Lagerfeuer, an dem wir nach dem heiligen Schwitzbad saßen, das ein aus den Staaten nach München eingeflogener indianischer Medizinmann vom Stamme der Sioux für die Teilnehmer eines Schamanenseminars in Zelten am Ufer der Isar bereitet hatte.

Nach dem Krebstod meiner Frau war ich ziellos in Europa herumgereist und war schließlich in diesem Camp hängengeblieben, von dem ich in Berlin, bei einem Ausflug in die Kreuzberger Untergrundkultur, aus dem Mund einer sonderbaren jungen Schauspielerin erfahren hatte, die damals in einer Fabriketage solo die "mystische Reise einer Irokesin durch Raum und Zeit" zelebrierte. Neben Gita war diese Frau, deretwegen ich das Schamanencamp aufgesucht hatte, jedoch bald verblaßt. Auch hatte sie sich wegen meines "unangenehmen Intellektualismus", meiner "offenbaren Kopflastigkeit" schon in den ersten Tagen des Seminars an der Isar von mir zurückgezogen. Und vollends verwirrte ich sie, als ich einer germanischen Neuhexe im großen Diskussionskreis als guter Demokrat, jüngster barbarischer Rückfälle eingedenk, den Kampf ansagte, was mir die Kritik ihrer indianischen Kollegen einbrachte, die manches, was die blondhaarige Zauberin über Baumkult, Jahreszeitenkreis, Elfen, Riesen und Götter sagte, als Eigenem durchaus verwandt ansahen. Ach, Gita hatte meine anfangs noch so widerstandsbereite Vernunft besiegt, einheimische Götter aus grauer Vorzeit hatte ich in ihr Nifli- und Nebelheim zurückgejagt, indianische Naturgötter hatten sich im Rauch nächtlicher Lagerfeuer verflüchtigt - aber Gott selbst, seine letzte Inkarnation als Avatar, der mich durch sein weibliches Werkzeug, einen blonden Lockvogel in sein irdisches, südindisches Himmelreich zog: würde ich IHM widerstehen können, solange in Gitas Augen solch ein Glanz war, SEIN Glanz vielleicht?

Was zählte da noch, daß sie mit meinen Gedichten nichts anfangen konnte. Sie hielt sie für Ausgeburten eines kranken *mind*. Mich verletzte das nicht im mindesten, aber es störte mich, daß sie das Wort *mind* gebrauchte. In ihrem Weltbild, aus Schriften des göttlichen Avatars gebildet, stand der Besitzer eines solchen kranken *mind* auf erbarmungswürdig niedriger Stufe, fast noch unter den Tieren.

Ich war für Gita ein typischer Vertreter des Kaliyuga, des vierten Zeitalters, in dem die Menschen gänzlich dem Materialismus und der Sinnenlust verfallen waren. Um sie aus diesem Sumpf zu retten, hatte sich der ewige Weltgeist entschlossen, auf die Erde hinabzusteigen und irdische Gestalt anzunehmen, wie vordem als Fisch, Schildkröte, Eber, als Menschenlöwe, als Zwerg, als Riese, als Held Rama, als flötenspielender Krishna, als Buddha.

Zwischenlandung in Bahrain. Wie sehr sehnte ich mich jetzt nach Wüstenluft - doch die Wandelgänge des Flughafens, die riesige, überkuppelte Halle waren gegen die Außenwelt hermetisch abgesperrt. Und als Gita und ich an den mit japanischen Elektro- und Fotoartikeln vollgestopften *duty free shops* entlangbummelten, merkte ich, daß die Blicke der Araber, die hier, auf ihre Maschinen oder sonst etwas wartend, herumstanden oder -saßen, sich zudringlich an meine Begleiterin hefteten. Und plötzlich sah ich Gita mit deren Augen; sah ihr glattes, blondes, asymmetrisch über die Schulter fallendes Haar, vorn auf der Brust mit einer breiten Spange zusammengehalten; bemerkte ihren Gang, der die schmalen Hüften leicht kreisen ließ, während mir gleichzeitig bewußt war, daß mir diese Frau so fern war wie den Arabern. Und als könnte ich damit diese Distanz überwinden, wollte ich ihr plötzlich sagen, was ich an ihrem Gesicht mochte, zum Beispiel das fast Ägyptische darin, wenn sie das Haar über dem Ohr hochstreifte.

Aber da ich wußte, daß ich sie mit Komplimenten nicht beeindrucken konnte, sagte ich nur, ich fände diesen Wüstenflughafen mit seinem gigantischen Protz, der schamlosen Zurschaustellung elektronischen Schnickschnacks einfach abscheulich und genoß ihre kopfnickende Zustimmung.

"Nicht einmal Kaffee bekommt man hier!", entfuhr es ihr, als wir uns schließlich an einer Theke auf hohe Barhocker gesetzt hatten und lauwarmes Mineralwasser tranken - und war dann doch wieder verletzt, weil sie, die keinen Ein-Dollar-Schein für ein Päckchen Zigaretten hatte, sich nichts von mir geben ließ und stattdessen den neben ihr sitzenden Inder um eine Marlboro anbettelte. Dabei hatte sie vorgehabt, das Rauchen aufzugeben.

"Erst im Ashram habe ich Ruhe", sagte sie.

War ich die Ursache dieser Fahrigkeit? Empfand sie mich als Reisebegleiter lästig? Und wirklich, es mußte irgendein versteckter Groll in ihr sein, denn als wir nach der Landung in Colombo, den Zollformalitäten und dem entnervenden Warten - wir hatten den sofortigen Anschluß nach Madras verpaßt - wieder im Flugzeug saßen, einem indischen diesmal, holte sie nach langem Schweigen plötzlich zu einem Tiefschlag gegen mich aus:

"Hast du dir nie Gedanken darüber gemacht, daß der Krebs deiner Frau vom Fehlen des göttlichen Segens herrühren könnte?"

"Wie meinst du das?"

"Du hast mir doch erzählt, daß ihr nicht kirchlich getraut worden seid."

Ich schwieg. Das Flugzeug kippte in die Kurve, und ich sah einen bräunlichen Küstenstreifen: Indien! Aber der Schmerz über die

Kränkung ließ in mir keine Freude aufkommen. Wie unwirklich war diese Reise! Wie unkalkulierbar die nahe Zukunft auf einem fremden Kontinent!

* * *

Wenig später landeten wir auf dem Flughafen von Madras, und die vielen unvorhergesehenen Situationen, mit denen wir nach dem Betreten indischen Bodens fertig werden mußten, die chaotischen Eindrücke, denen wir ausgesetzt waren, ließen mir keine Zeit, über Gitas Bemerkung weiter nachzudenken. Ich hätte mir gern die vom Flugplatz etwas entfernte Stadt angesehen, aber Gita wollte noch am gleichen Tag den Zug nach Bangalore nehmen, um so rasch wie möglich zum Ashram zu kommen, und so ließen wir uns vom Taxi direkt zur *Central Railway Station* fahren. Während unser klappriges Auto über eine kaum befestigte Straße fuhr und häufig erst im letzten Augenblick in Lumpen gekleideten Kindern und Bettlern, Turbanträgern, großrädrigen, von Wasserbüffeln gezogenen Karren und halbkaputten, vollkommen überladenen Bussen auswich, versuchte ich einen Blick von Gita zu erhaschen - ihre Hand zu berühren, wagte ich nicht -, doch sie blickte nur starr geradeaus auf ihr unsichtbares Ziel den Ashram und schien weder mich noch das Tohuwabohu um uns wahrzunehmen. Auf dem Bahnhof ließ sie sich erschöpft in den Haufen unseres Gepäcks fallen, das wir, über Menschen, Kisten und Säcke aller Art stolpernd in das Innere der Halle gebracht hatten.

Auch mir machte der jähe Klimawechsel zu schaffen, doch sah ich plötzlich in Gitas Passivität die Chance, ihr zu beweisen, daß ich mit Schwierigkeiten fertig werden konnte. Schwitzend durchkreuzte ich den Bahnhof nach allen Richtungen. Vor zahllosen Fahrkartenschaltern standen Reisende in langen Schlangen an, für jeden Zielort, für jede Wagenklasse gab es einen besonderen Schalter. Doch als es mir endlich gelungen war, den richtigen Schalter zu finden, mußte ich erfahren, daß der Nachtzug nach Bangalore ausverkauft war und ich mich mit zwei Platzkarten für den Frühzug begnügen mußte. Jetzt hätten wir einen Scooter zu einem Hotel nehmen sollen, aber Gita war von einem tiefen Mißmut befallen, sie saß inmitten unseres Gepäcks, sie ging auf meine Reden und Vorschläge nicht ein und fing an zu weinen. Schließlich hörte ich auf, in meinem Reiseführer zu blättern und nach Hoteladressen und Telefonnummern zu suchen, und begnügte mich, neben ihr auf dem Koffer zu sitzen. Die Zeit verrann, ohne daß wir etwas unternahmen. Irgend etwas blockierte uns, eine Lethargie, die wir nicht vorausgesehen hatten. Unfähig zu einem Entschluß beobachtete ich das Treiben um uns herum mit der Teilnahmslosigkeit, mit der man einen Traum erlebt. Jetzt hatte sich eine indische Reisegruppe mit Gepäck - Männer, Frauen, Kinder - in unserer Nähe niedergelassen. Die Leute warteten augenscheinlich auf einen Bus. Etwas abseits stand eine ältere Frau in orangenem Sari. Sie rührte sich nicht, wohl eine Stunde lang. Wer war sie? Eine Reisende? Eine Bettlerin? Wollte sie etwas verkaufen? Plötzlich kam Bewegung in die indische Reisegruppe. Die Männer und Frauen standen auf, suchten ihr Gepäck zusammen, riefen nach den Kindern. Auch Gita schien plötzlich von der Unruhe angesteckt zu sein. Sie erwachte aus ihrer Lethargie.

"Wir müssen uns um ein Hotel kümmern!"

Ich wußte, daß sie damit sagen wollte: "Du mußt dich jetzt darum kümmern", und ich war stolz darauf, daß sie mir das zutraute. Die dumpfe Angst, bei dem ungeklärten Stand unserer Beziehungen mit Gita die Nacht in einem Hotelzimmer zu verbringen - obwohl ich mir das doch eigentlich gewünscht hatte - schüttelte ich ab. Es gab keine andere Möglichkeit. Wir brachten unser Gepäck zu einem nahegelegenen *tea shop*, wo Gita auf mich warten wollte. Der Besitzer des Ladens hatte mir eine Adresse aufgeschrieben, und so machte ich mich auf den Weg.

Es war Abend geworden. Der Himmel über der Stadt war dunkelrot. Bald mußte ich feststellen, daß mein Zettel keinen Wert hatte. Niemand kannte ein Hotel dieses Namens. Aber es gab an der Straße andere, schmutzige, wenig Vertrauen erweckende, mir blieb keine andere Wahl: Ich ließ einen Raum reservieren, den ich gar nicht gesehen hatte. Später fiel mir ein, daß ich nicht nach dem Preis gefragt hatte, aber ich hatte keine Lust zurückzugehen. Im *tea shop* hatte sich Gita mit dem Besitzer in ein langes Gespräch eingelassen, natürlich über den Avatar. Der Mann schien jetzt in seiner Beflissenheit keine Grenzen zu kennen. Er winkte einige Scooterfahrer herbei, handelte für uns einen günstigen Preis aus und schleppte das Gepäck an den Straßenrand. Der überladene Scooter fuhr an. Wir fuhren ein paar hundert Meter, aber wo war das Hotel? Ich sprang vom fahrenden Scooter und augenblicks hatte mich die indische Nacht verschluckt: kein Hotel, kein Autoscooter, keine Gita, geld- und ausweislos wie ein Paria, rannte ich die Straße auf und ab und fragte die am Straßenrand auf Kundschaft wartenden Scooterfahrer, ob sie nicht einen Scooter mit einer blonden Frau gesehen hätten. Aber die Scooterfahrer warfen alle ihre Köpfe nach hinten, was, wie ich später erfuhr, "nein" bedeutete.

Als ich schließlich den Scooter und Gita in einer Parklücke fand, ließ ich mich willenlos auf den Sitz fallen. Mochte sie entscheiden, wie die Sache weitergehen sollte. Aber Gita, die der Vorfall auch erschreckt hatte, zog es vor, mir schweigend zu grollen, weil ich sie allein gelassen hatte.

Indessen verhandelte der Scooterfahrer mit einem nahezu schwarzhäutigen Jungen und wir wurden darüber informiert, daß dieser eine Privatpension kannte. Wir fuhren nun zusammen mit dem auf dem Trittbrett stehenden Jungen in eine unbeleuchtete, ungepflasterte Wohngegend und hielten vor einem überraschend wenig baufälligen Haus. Im Flur standen einige Leute herum, Gäste oder Bedienstete, es war nicht auszumachen. Wir besichtigten das einzige freie Zimmer, es besaß keine Fenster nach außen, an der Decke drehte sich ein riesiger Ventilator. Gita nickte dem wartenden *boy* zu und sah mich ohne Freude an. Man brachte uns das Gepäck.

Gita hatte sich, als wir wieder allein waren, sofort auf eins der beiden getrennt an gegenüberliegenden Wänden stehenden Betten geworfen und mir den Rücken zugekehrt. Ich ging noch einmal hinaus und bestellte bei dem *boy* ein kleines Abendessen mit Getränken, obwohl Gita durch die offene Tür protestierte und behauptete, weder Hunger noch Durst zu haben. Das Essen kam in übereinandergestellten Messingtöpfen: Huhn mit Reis. Es war so scharf, daß ich gleich nach der Limonadenflasche griff. Aber sie fiel mir aus der Hand, zerschellte auf den Bodenfliesen. Ich bestellte beim *boy*, der alle

Augenblicke hereinschaute, eine neue. Aber auch sie ließ ich fallen. Gita sprang jetzt vom Bett, warf sich etwas über und verließ den Raum. Ich hörte, wie auf der anderen Seite des Ganges das Duschwasser floß. Als Gita mit nassen Haaren wieder hereinkam, ließ ich gerade die dritte Flasche fallen, und sie fragte mich ganz unschuldig, warum ich denn so nervös sei und bemerkte dann, ich sei ja richtig tolpatschig und ungeschickt, mit einem Mann wie mir würde sie nie zusammenleben können.

Sie legte sich halbnackt auf das Bett und beobachtete mich. Als ich den Blick nicht von ihr ließ, zog sie plötzlich das Laken über ihren Körper. Es verletzte mich, daß sie sich in meiner Gegenwart schämte. Ich war doch kein Fremder. Außerdem war es sehr heiß im Raum. Ich sagte ihr das, doch sie antwortete nur, sie wolle mich nicht provozieren.

Provozieren, provozieren ... ich ging duschen, kam wieder, legte mich gleichfalls hin, und immer noch war dieses Wort in meinem Kopf - provozieren, provozieren: ich starrte dabei zum Ventilator hoch. Als ich nach einer gewissen Zeit wagte, zu Gita hinüberzublicken, war das Laken von der Schlafenden abgeglitten, und ich sah im Schein der blauen Nachtlampe, die wir angelassen hatten, ihren nackten Körper. Dann kehrte mein Blick zu dem sich unaufhörlich drehenden Ventilator zurück.

Ich war hellwach. Mein Herz hämmerte. Mein Körper mit seinen blinden Reaktionen war mir plötzlich fremd, lästig. Draußen hin und wieder das Scharren von Füßen. Zuweilen hatte ich den Eindruck, daß jemand vor der Tür stand. Das Wischen der Schritte entfernte sich wieder. Ich sah auf meine Uhr. Es war zwei Uhr morgens. Vorsichtig stand ich auf und wühlte in meinem Gepäck. Plötzlich hörte ich Gitas verschlafene Stimme - was ich denn suche? Meine Auskunft, ich fände keinen Schlaf und brauchte deshalb Valium, brachte sie in stille Wut. Sie wolle keinen Mann an ihrer Seite, der Gifte zu sich nehme, schimpfte sie halblaut. Ich brach die Suche nach dem Valium ab, legte mich wieder hin und begann zu meditieren. Der Ventilator verwandelte sich in das Weltrad Samsara. Vergeblich suchte ich von der ruhelos kreisenden Peripherie in den ruhenden Mittelpunkt zu kommen. Ich fand keinen Frieden in dieser Nacht.

* * *

Wie gut, daß wir Platzkarten hatten! Und eine wendige Fahrradriksha, die uns durch ein Chaos von Lastwagen, Bussen, Kühen, Ochsen und Handkarren sicher zum Bahnhof brachte, wo offenbar vom Fahrer bestellte Träger bereitstanden, um unser Gepäck zu übernehmen. Wie gut, daß alles wie von selbst lief an diesem Morgen, so daß ich mich, halb überreizt, halb benommen, durch diese fremde abenteuerliche Schattenwelt gleiten lassen konnte, ein dunkelroter bis schwarzer Himmel über mir, den ich anstaunte, als sei ich auf einem anderen Stern.

Gita, die es nicht besser haben wollte als die ärmsten Inder, hatte auf Zweiter Klasse bestanden, und so saßen wir im randvollen Abteil des Brindavan-Expresses auf einer Holzbank, Gita am vergitterten Fenster. Aber die "ärmsten Inder", deren Nähe sie nicht scheuen wollte, reisten wohl nicht mit diesem Zug. Männer in gutsitzenden, blüten-weißen oder grauen Anzügen verstauten Berge von Ballen und Koffern, dösten oder blätterten hastig Zeitungen durch. Nur wenige trugen statt Hosen den klassischen *longhi*, das um die Hüften und durch die Beine geschlungene Baumwolltuch. Frauen in bestickten bunten Seidensaris, rasselnde Schmuckreifen an den nackten Armen, fütterten puppenhafte, wie kleine Erwachsene angezogene Kinder mit Mandeln, Süßigkeiten und Gebäcken. Für Nachschub sorgten Händler, die in nicht abreißender Folge mit Bauchläden und Kannen den Zug durchzogen. Auch wir frühstückten, probierten *puris*, gebackene Weizenpfannkuchen, und *chapatis*, sauerteiglose Fladen, schlürften heißen Tee dazu, rochen fremde Gerüche von heißem Fett, Staub, und Ruß.

So sahen wir hinter dem Gitterfenster Indien vorbeiziehen. Über-schwemmte Reisfelder wechselten mit trockenen Ebenen. Berge aus Felstrümmern schoben sich dazwischen. Hinter von weißen Wasserbüffeln gezogenen Holzpflügen schritten Männer mit weißen Turbanen. Zerbeulte Lastwagen krochen über löchrige, halbzuge-wachsene Straßen, während verdreckte, ausgemergelte Hunde zur Seite sprangen. Hin und wieder, nach Fahrten durch endlose Slumsiedlungen mit Ansammlungen von Hütten aus Holz, Blech,

Pappe und rostigem Eisen, Bahnstationen mit unaussprechbaren Städtenamen: Katpadi, Gudiyattam, Jalarpat. Und immer wieder neue Menschen, das Abschiednehmen, das Hochwuchten von Gepäckbergen. Uns gegenüber saßen zwei alte Inderinnen. Die rechte war so verschleiert, daß man ihr Gesicht kaum erkennen konnte, die linke trug goldnen Schmuck in Nase und Ohr, dazu noch einen Ring am Zeigefinger. Und Gita, die mich auf letzteren aufmerksam gemacht hatte, flüsterte mir zu:

"Das bedeutet Egoismus!"

Und da wir nun beim Deuten waren, bat ich Gita, in meiner Hand zu lesen.

"Deine Lebenslinie ist recht unklar", sagte sie nach einer Weile. Darauf konnte ich nichts erwidern. Doch als ich erwähnte, daß ich schon einmal Klarheit in mein verworrenes Leben hatte bringen wollen - mit Hilfe eines Psychotherapeuten -, bemerkte sie nur verächtlich:

"Alle Psychotherapeuten sind gefallene Priester!"

Dann nach einer Pause, sagte sie noch:

"Im Ashram wirst du Klarheit gewinnen, wirst du Frieden erlangen."

Je näher wir unserem Reiseziel kamen, desto weniger ließ sie es gelten, daß ich nur ihretwegen mit nach Indien gekommen war.

Seltsamerweise wußten auf dem Bahnhofsvorplatz alle Taxifahrer, daß wir zu dem berühmten Avatar fahren wollten. Sie umdrängten uns nicht, fochten um uns keine Redeschlachten aus und schienen, was den Fahrpreis anging, untereinander einig zu sein. Jeder von ihnen nannte uns die gleiche Summe. Schließlich lud ein älterer Fahrer, als wäre es an ihm zu wählen und nicht an uns, ungefragt unser Gepäck auf das Dach seines Autos. Eingeschüchtert nahmen wir im Fond Platz. Zu unserer Überraschung hielt er nach kurzer Fahrzeit auf einem Markt und erklärte, daß ein Kollege uns jetzt übernehmen werde. Wir warteten eine Stunde - ich kaufte mir noch Sandalen -, dann war der Kollege zur Stelle, und unser Gepäck wurde von einem Wagendach auf das andere umgeladen. Wir fuhren nach dem Verlassen der Stadt durch eine flache, staubige Gegend. Gita schwieg, schien mir ferner denn je. Gegen Mittag hielten wir in einem ärmlichen Dorf. Der Fahrer verschwand in einer Bude, an der ein paar

15

verrostete Reklameschilder hingen. An meinem Wagenfenster erschien plötzlich das Gesicht eines Kindes, dann eine Kekspackung. Doch als ich die fünf Rupien bezahlt hatte - das Kind hatte fünf Finger hochgehalten - streckte es die Hand von neuem aus. Ich begriff nicht gleich. Jetzt guckten noch mehr Kinder zu den Wagenfenstern herein. Gita schien nichts zu bemerken.

Ich weiß nicht, warum gerade in diesem Augenblick mir plötzlich der Gedanke kam, daß es jetzt die letzte Gelegenheit war, ihr die entscheidende Frage zu stellen. Gleich würde der Fahrer zurückkommen, und im Ashram würden wir uns vielleicht nie mehr ohne störende Zeugen sprechen können.

"Gita, ist zwischen uns noch alles offen?"

"Robert, wie kannst du, angesichts der Bettler um uns, so etwas fragen?" Verletzt und nervös schüttete ich meine Börse aus und verteilte alle Rupien, Münzen und Scheine in ein halbes Dutzend offener Kinderhände.

Gita zeigte sich unbeeindruckt. Dann kam der Fahrer zurück, und reichte uns ein Tütchen Erdnüsse und Mandeln. Wir fuhren weiter. In der Ferne tauchten jetzt erst bläulich später rötlich schimmernd große und kleine Inselberge auf. Das Hochland des Dekhan. Die Straße wurde zunehmend holpriger, und Gita, deren Laune plötzlich umgeschlagen war, lachte schallend darüber, daß ich von Zeit zu Zeit den Kopf zum Fenster hinausstreckte, um nachzusehen, ob unser Gepäck noch auf dem Dach war. Schließlich hielt das Auto in einem ausgetrockneten Flußbett, wo der Fahrer aus einer Pfütze Kühlwasser für den Motor schöpfte. Wir waren ebenfalls ausgestiegen und sahen uns um. Gita stieß mich an.

"Hast du eben die Affen gesehen?"

Ich hatte nichts gesehen und sah auch jetzt nichts. Ich kam mir verloren vor. Gitas jähe Fröhlichkeit quälte mich. Und als ich ihre Frage verneinte, sagte sie ganz ohne Ärger:

"Manchmal glaube ich, du hast keine Augen im Kopf."

Als wir wieder im Wagen saßen, fühlte ich mich abgestumpft. Fast hätte ich es lieber gehabt, wenn der Wagen jetzt nicht angesprungen wäre. Wir saßen in unseren Polstern fast ganz in der Dunkelheit. Der Himmel draußen wechselte alle Schattierungen von Rot, eine unge-

wisse Schattenhaftigkeit machte sich breit. Jetzt lehnte sich Gita plötzlich an mich:

"Ich habe Angst!"

"Wovor?"

"Vor dem Leben in diesem Ashram."

Eine weitere Stunde versanken wir in Schweigen und Dunkelheit.
Dann wurde es plötzlich wieder heller, als liefe die Zeit rückwärts. Wir
sahen in ungewissem Licht ein riesiges pastellfarbenes Tor auf uns
zukommen mit der goldenen Inschrift: "Willkommen im Himmelreich des Avatars."

* * *

Wir fuhren durch ein Dorf, dessen fast tierische Ärmlichkeit gar nicht
zur Pracht des Tores und seiner Ankündigung passen wollte. Später,
wieder mitten in leerer, wüstenhafter Landschaft, ein zweites Tor und
dann plötzlich wie aus dem Nichts auftauchend Prachtfassaden als
gehörten sie dem Palast eines Maharadschas. Ein drittes Tor erhob
sich schließlich neben einer hohen Mauer, gegenüber der sich hell
erleuchtete Verkaufsbuden drängten. Wir fuhren die Mauer entlang,
dann durch eine Pforte und hielten endlich vor einer Reihe ein-
stöckiger, schmuckloser Häuser: der Ashram des Avatars. In einem
der Häuser war die Anmeldung.

Ein Greis, dessen Augen hinter dicken Brillengläsern verschwammen,
nahm wortlos unsere Papiere entgegen, blätterte in einer Art
Hauptbuch, schrieb etwas auf zwei Zettel, steckte diese in zwei kleine
Broschüren und übergab uns beides mit dem Hinweis, daß wir in den
Heften alle wichtigen Informationen und auf den Zetteln Haus und
Raumnummer finden würden. Draußen nahmen sich Kulis unseres
Gepäckes an. Wir mußten uns trennen, denn Männer und Frauen
waren in verschiedenen Wohntrakten untergebracht. Gita schien
plötzlich befangen, als wäre ich ein Fremder. Wir trafen keine
Verabredung für den nächsten Morgen. Ich war sehr niedergeschla-
gen, als sie mit ihrem Träger in der Dunkelheit verschwunden war.

Meine Unterkunft befand sich in einem dreistöckigen Gebäude. Auf
mein Klopfen öffnete mir ein junger blonder Mann, der mir durch

Auflegen des Zeigefingers auf den Mund zu schweigen gebot. Mit einer Handbewegung wies er mir eine Schlafstelle auf dem Zementfußboden zu (der Raum enthielt keinerlei Möbel), dann kniete er, ohne sich weiter um mich zu kümmern, vor einem improvisierten Altar nieder, wo unter dem Bild des Avatars drei Kerzen brannten. Beim Einrichten meines Schlafplatzes bekam ich plötzlich Durst, doch wagte ich nicht, den Meditierenden um die Feldflasche zu bitten, die ich neben seinem Lager sah. Ich wollte hinausgehen, um mir etwas zum Trinken zu besorgen, aber dazu mußte ich nach einem Schlüssel verlangen. Ich stand unentschlossen mit dem Rücken zur Tür und blickte zum Bild des Avatars hinüber, dessen Gesicht im flackernden Kerzenlicht eigentümlich lebendig schien. Es war ein bartloses, etwas feistes Gesicht, das in einer unendlichen Fülle krausen Haars wie ein Nachen schwamm.

Der junge Mann fing plötzlich mit lauter Stimme an zu singen. Es war ein eintöniger Gesang in einer Sprache mit vielen Vokalen, es mochte wohl Sanskrit sein. Ich hörte den Namen des Avatars heraus, den Gita mir oft genannt hatte. Dann brach der Gesang jäh ab, der junge Mann beugte den Oberkörper nach vorn und berührte mit der Stirn den Zementfußboden. Er verharrte einen Augenblick so, sprang dann auf, streckte mir die Rechte entgegen, lächelte, während er den Zeigefinger der Linken wieder zu den Lippen führte, um mir so wieder Schweigen aufzuerlegen.

Mit Hilfe der Zeichensprache gelang es mir dann, in den Besitz des Schlüssels zu kommen, und ich konnte trotz der späten Stunde mein Zimmer verlassen, um mich im Ashram umzutun.

Die gegenüber der Anmeldung gelegene Kantine war geschlossen, so ging ich vor das Tor, wo sich die meist noch hell erleuchteten Verkaufsbuden befanden und kaufte mir an einem zur Straße hin offenen Stand eine Cola. Die Läden, das sah ich, waren auf die Bewohner des Ashrams eingestellt. Es gab Matratzen, Stoffballen, Saris, Gebetsketten, Räucherstäbchen, Geschirr, Taschenlampen und den Avatar selbst auf Postern, Kassetten, Broschen, Tüchern, Kästchen, Postkarten aller Art. Nachdem ich einen *puri*, einen Weizenpfannkuchen mit Gemüse, gegessen hatte, ging ich in den Ashram zurück und beschloß, noch einen Rundgang zu machen.

Nicht weit vom Hauptweg stieß ich auf eine große Halle. Durch eine angelehnte Eingangstür fiel Licht, und so wagte ich hineinzutreten. In der Mitte der Halle war eine indische Reisegruppe gerade im Begriff, sich aufzulösen und dem gegenüber liegenden Eingang zuzustreben. Nach und nach wurden die Lampen wieder gelöscht, und so beeilte ich mich, wenigstens einen Blick auf die großen Gemälde zu werfen, die neben einer Art Bühne mit goldenem Thronsessel hingen. Ich war erschrocken.

Das hast du doch alles schon einmal gesehen, sagte ich mir. Aber wo? Da hütete ein biblisch gewandeter Hirt seine Schafherde, da stand ein Sichelmond über einem aufgeschlagenen Buch mit arabischen Schriftzeichen, da wachte in kahler Bergwildnis ein Turbanträger neben einem Topf mit senkrechten gelbroten Flammen, da saß ein Buddha vor meditierenden Mönchen, und hoch über der Bühne prangte in orangenem Gewand der Avatar selbst. Ohne Zweifel, es handelte sich um Darstellungen der vier Weltreligionen unter Einschluß der Lehre Zoroasters.

Dann fiel es mir plötzlich ein. Ich hatte diesen Raum, diese Bilder in einer Fernseh-Dokumentationsserie über indische Gurus gesehen, zusammen mit meiner Frau, die sich geschüttelt hatte vor soviel Kitsch und das Zimmer spontan verlassen hatte. Wo war ich hingeraten! Hätte mir das nicht noch vor dem Kauf der Flugtickets einfallen können? Mit weichen Knien schlich ich zu meinem Zimmer zurück, wo mein Nachbar schon schlief.

Dieser erwies sich am anderen Morgen als freundlich und auskunftsbereit. Er stellte sich mit dem Namen "Knut" vor und sagte, daß er aus Kopenhagen sei. Er gehöre dort zu einer Gruppe von Avatar-Anhängern. Gestern sei sein Schweigetag gewesen, deshalb habe er nicht mit mir reden können. Er fragte mich, warum ich hierher gekommen sei, und ich erzählte ihm die Geschichte meiner Liebe zu Gita. Knut schien nichts Besonderes daran zu finden.

"Das sind eben die wunderbaren Wege des Avatars. Er benutzt manchmal Menschen als Lockvögel, als Köder, um jemanden in seine Nähe zu bringen, an dem ihm sehr viel gelegen ist."

Ich erfuhr, daß der Avatar im Augenblick verreist war und am nächsten oder übernächsten Tag zurück erwartet wurde. Knut riet mir, dennoch am *bhajan*-Singen im Tempel teilzunehmen. Überhaupt, die *bhajans* - diese Lobgesänge auf Gott und den Avatar, seine irdische Erscheinung -: sie würden das Bewußtsein reinigen von den unnützen und schädlichen Gedanken, die uns quälten. Ich fragte ihn, warum alle Männer hier, auch er, einen *longhi*, einen weißen Anzug trügen. Knut antwortete, der Avatar möge seine Anhänger am liebsten in Weiß gekleidet, der Farbe der Unschuld, der Reinheit. Wer seine Gnade wolle, dürfe nur in diesem Gewand ihm vor die Augen treten, beispielsweise bei einem *darshan*, einem Empfang vor dem Tempel, der täglich zweimal stattfinde.

Nachdem ich mich noch nach Schneidern für den *longhi* erkundigt hatte, entfernte ich mich, um mein Frühstück in der Kantine einzunehmen.

Später, auf dem Weg zum Tempel, begegnete ich einer strahlenden Gita. Sie fragte mich, ob ich noch so traurig wie gestern sei. Ohne ihr darauf eine Antwort zu geben, sagte ich, daß ich froh sei, ihr heute Morgen zu begegnen und fügte hinzu:

"Gita, ich möchte, daß wir uns irgendwann finden ..."

Aber Gita schien diesen Satz zu überhören, sie winkte und war dann Richtung Fraueneingang des Tempels verschwunden.

Als ich die kleine Broschüre las, die ich bei der Anmeldung erhalten hatte, wurde mir klar, daß ich schon mit diesem kurzen Gespräch die Ashram-Ordnung verletzt hatte, die vorsah, daß Männer und Frauen keinerlei Umgang miteinander hatten, es sei denn, sie seien verwandt miteinander.

* * *

Der Tempel des Avatars war ein in den Pastelltönen Hellblau, Rosa und Gelb gehaltener, reich mit mythologischen Symbolen geschmückter zweistöckiger Bau voll barocker Rundungen, der mich an eine Crème-Torte erinnerte - auch ihn mußte ich in der Fernsehdokumentation gesehen haben, doch war der Schreck des Wiedererkennens nicht so groß wie bei den Gemälden des Auditoriums. Nachdem ich mir die Schuhe ausgezogen und außerhalb des Vorplatzes abgelegt hatte, schritt ich wenige teppichbelegte Stufen hoch und gelangte, nach Passieren einer Vorhalle, in das dämmerige kerzenbeleuchtete Innere, wo mir ein Aufseher im weißen *dhoti* einen Platz auf den Fliesen anwies. Wie die anderen den Lotos-Sitz einzunehmen vermochte ich nicht; so hockte ich mich im Schneidersitz hin, und bald schmerzte mein Kreuz, das ich nicht mehr gerade strecken konnte.

Ich sah nach vorn. Dort lenkten wieder überlebensgroße Gemälde im Stil des Auditoriums den Blick auf sich. Auf dem rechten war der Avatar stehend mit vor dem Schoß gefalteten Händen abgebildet, auf dem linken, ebenfalls stehend, ein alter Mann mit Kopfbinde - einer seiner früheren Inkarnationen, wie ich später erfuhr. In der rechten Ecke der Frontseite sah ich auf einer Art Podium einen kunstvoll gearbeiteten Stuhl mit Fußbank, rotem Polster und hoher Lehne - seinen zur Zeit leeren Thron.

Plötzlich beendete ein Gongschlag die Meditation. Der heilige Laut AUM stieg auf, hing eine Weile über den Häuptern, verging in Stille. Sie wurde durchbrochen durch die helle Stimme eines Vorsängers, dann fielen alle anderen Stimmen ein in einen ebenso monotonen wie hypnotischen Singsang, in dem nacheinander die Götter Shiva, Rama, Subrahmanya, Krishna, zum Schluß der abwesende Avatar selbst angerufen wurden. Aber ich hatte nicht fremde Götter im Sinn, sondern Gita, die vermutlich nur ein paar Meter von mir entfernt auf der Frauenseite saß. Ich wagte einen Blick in die linke Hälfte des Tempels, konnte sie aber inmitten der vielen Frauen - meist Inderinnen - nicht ausmachen. Das *bhajan*-Singen schloß mit einer Meditation. Einige beugten sich tief nach vorn und küßten den Boden.

Abends nach Sonnenuntergang fiel plötzlich der Strom aus. Wir zündeten Kerzen an, und Knut betete vor dem Bild des Avatars. Plötzlich hielt ich es nicht mehr aus. Ich stand von meinem Lager auf und tappte zur Tür. Ich nahm den Schlüssel aus der Tasche und ließ ihn dabei auf den Zementfußboden fallen. Knut schreckte zusammen. Doch damit nicht genug: Kaum vor der Tür, schloß ich versehentlich das Vorhängeschloß zu. Knut, der es gemerkt hatte, rüttelte an der Tür. Ich schloß sofort wieder auf, wollte dann gleich fort, doch Knut hielt mich fest und stellte mich zur Rede. Zu meiner Überraschung schimpfte er nicht, sondern bemerkte nur sanft:

"Du bist ziemlich unsicher. Hast du denn kein Vertrauen zu dir selbst?"

Ich schwieg verwirrt, änderte meinen Plan, einen langen Spaziergang zu machen, und ging stattdessen zur Kantine, um zu Abend zu essen. Die Kantine bestand aus zwei Hallen, einer für Männer, einer für Frauen, dazwischen die Küche. Nachdem ich mir an der Ausgabestelle neben dem Empfangsbüro Essensmarken gekauft hatte, betrat ich durch eine schmale Tür den Saal. An langen Steintischen saßen Inder vor ihrer Reistafel, andere, Europäer oder Amerikaner zumeist, standen vor verschiedenen Essen-Ausgabestellen Schlange, wo es ungewürzte Speisen gab. Auch ich stellte mich an, und da ich die Speisen nicht kannte, ließ ich mir verschiedene Proben geben. Den Küchendienst versahen indische Anhänger des Avatars, die diesen Dienst als *seva*, als Gottesdienst betrachteten. Nachdem ich mir einen Plastiklöffel abgewaschen hatte (Besteck benutzten nur Europäer und Amerikaner, die Inder aßen mit der rechten Hand), setzte ich mich an einen der langen Tische, wobei ich Abstand zu anderen Kantinenbesuchern hielt. Beim Essen meiner aus Reis und verschiedenen, mir unbekannten Gemüsen bestehenden Mahlzeit, las ich die in gleichmäßigem Abstand angebrachten Wandsprüche:

LIEBE ALLE, DIENE ALLEN. SAUBERKEIT IST GÖTTLICH.
WAHRHEIT IST GOTT, SPRICH DIE WAHRHEIT.
GOTT IST SCHÖNHEIT, SCHÖNHEIT IST GOTT.
ESSEN IST GOTT, VERSCHWENDE KEIN ESSEN.
ALLE SIND GLEICH, SEI WIE JEDERMANN.
DU BIST DIE VERKÖRPERUNG DER LIEBE.
PFLICHT IST GOTT, TU DEINE PFLICHT.
DEIN KÖRPER IST GOTTES TEMPEL.
SEIN IST IM WERDEN VERLOREN.

Gerade begann ich über den letzten Spruch nachzudenken, als mich jemand mit dem Ellenbogen anstieß. Es war ein intellektuell aussehender Inder, der sich zu mir gesetzt hatte und ein Gespräch anknüpfen wollte. Er stellte sich als Dr. Nahom, Rechtsanwalt aus Singapur vor. Auch ich stellte mich vor, wobei ich ihm meinen Beruf verschwieg und nur zu verstehen gab, das ich etwas mit "schreiben" zu tun hätte. Aber bald wußte er, warum ich nach Indien gereist war und den Ashram des Avatars aufgesucht hatte. Er riet mir, dem Avatar einen Brief zu schreiben, in dem ich von meinem Schicksal und meinen Herzenswünschen berichtete. Der Avatar habe schon manchem Gläubigen, der hierher in den Ashram gekommen sei, seinen Wunsch erfüllt.

"Glauben Sie es doch endlich", sagte Dr. Nahom zum Schluß. "ER ist Gott. Wie viele Menschen bitten einen unerreichbaren jenseitigen Gott um Hilfe, und hier schwebt er nicht über den Wolken. Nein, er ist zum Greifen nahe. Man kann mit ihm sprechen. Wagen sie es!"

Auf dem Weg zurück zu meinem Zimmer, schob ich zunächst die Idee, diesen Brief zu schreiben, weit von mir weg, als hieße das, in eine Art Falle zu gehen. Dann aber fragte ich mich: "Kann es mir schaden?"

Vielleicht genügte es, wenn ich nur einen Augenblick lang an den Avatar glaubte, dann nämlich, wenn ich den Brief morgen beim *darshan* in seine Hände legte. Bestimmt war ja ein bißchen Glauben nötig. Mit nur einer Spur Göttlichkeit würde er mich durchschauen! War es nicht schon vor dem Abflug mein Plan gewesen, im Kampf um Gita mich des Avatars zu bedienen? Wie verblendet war ich von meinen Wünschen! Ich sah nicht, obwohl es doch offenbar war, daß der Avatar die Begierden der Menschen als deren schlimmste Feinde betrachtete, deren Beseitigung erst den Weg ins höhere göttliche Dasein frei machte, das der Avatar verkörperte.

Bei Kerzenlicht auf meinem Schlafsack liegend, schrieb ich dem Avatar noch am selben Abend in Druckbuchstaben einen Brief. Ich schrieb, daß ich nach dem Krebstod meiner Frau eine seiner Anhängerinnen getroffen hatte (das Schamanencamp verschwieg ich), daß ich mit ihr nach Indien gekommen sei, daß sie geantwortet habe, sie werde den Mann heiraten, den der Avatar ihr aussuche. Ich schloß diesen Brief mit der Andeutung meiner Hoffnung, daß ich vielleicht dieser Mann sein könnte.

Ich kam mir recht kindisch vor. Am nächsten Morgen holte ich den weißen Anzug ab, den ich tags zuvor in einem Schneiderladen vor der Ashrammauer bestellt hatte, zog mich um, frühstückte in der Kantine und machte mich in der Begleitung von Knut zum *darshan* auf. Vor der niedrigen Mauer, die den Tempelvorplatz begrenzte, hatten sich bereits zwölf Reihen von wartenden Männern gebildet (die Frauen versammelten sich auf der anderen Seite des Tempels). Aus der siebenten winkte uns Dr. Nahom zu. Ich war froh, in der heiklen Situation, in der ich mich gleich befinden würde (schon beim ersten *darshan* wollte ich dem Avatar einen Brief in die Hände legen), meine beiden neuen Freunde in der Nähe zu wissen. Schließlich wurden aus der Stofftasche eines alten Tempeldieners die Lose gezogen. Das Los unserer Reihe trug die Nummer 9. Nun gab der Tempeldiener ein Zeichen, die Männer der Reihe 1 erhoben sich und zogen, an der kleinen Pforte von dem Alten beglückwünscht, im Gänsemarsch auf den sandigen Tempelvorplatz, um dort die begehrte erste Reihe zu bilden, mit der Möglichkeit, den Avatar direkt ansprechen zu können.

Als wir endlich aufgerufen wurden, schien, um noch einigermaßen gute Plätze zu bekommen, Eile geboten, doch der alte Tempeldiener hob beschwörend die Hände, denn alles sollte schweigsam, langsam und gemessen geschehen. Wir ließen uns zwischen zwei großen Palmen nieder - wenn wir auch nicht vorne saßen, so hatten wir doch ein bißchen Schatten! Noch herrschte eine gewisse Unruhe in der Menge. Einige rutschten im Lotussitz Zentimeter um Zentimeter vor, entdeckten in vorderen Reihen Lücken, in die sie sich hinein quetschten. Andere lasen in Büchern aus der Ashrambuchhandlung oder legten mit geschlossenen Augen meditierend die Handflächen aufeinander. Ich bewunderte die Geduld der Gläubigen: Schon war eine Dreiviertelstunde vergangen, ohne daß irgendetwas geschehen war. Die Sonne stand nun sehr hoch und schien gnadenlos auf den weißen Sand, der die Augen blendete. Ein Gandhi-ähnlicher Greis im *dhoti* bewegte sich, mühsam am Stock humpelnd, auf den Tempel zu und verschwand darin.

"Der Biograph des Avatars", flüsterte Dr. Nahom mir zu.

Nach einer weiteren Viertelstunde ging plötzlich eine kaum merkbare Bewegung durch die Menge. Dennoch war die Stille so groß, daß das Kreischen der Krähen in den Palmen das einzig Lebendige zu sein schien. Einige Gläubige ließen jetzt die Köpfe hin- und herpendeln, um an den Körpern ihrer Vordermänner vorbeisehen zu können.

Zwischen den Säulen des Tempels hatte das orangene Gewand des Avatars aufgeleuchtet. Jetzt sah auch ich die kleine Gestalt mit der gewaltigen Haarkrone für wenige Augenblicke, dann war sie hinter einer anderen Säule verschwunden - aber nach einer Weile sah ich sie - langsam die Front der Sitzenden abschreitend, auf der Frauenseite. Es war die Langsamkeit des Ganges, die mich faszinierte als Ausdruck einer wie von den Sternen kommenden Feierlichkeit. Von Zeit zu Zeit blieb der Avatar stehen, um Briefe entgegenzunehmen, ein Foto oder Poster zu unterschreiben, Pakete mit heiliger Asche zu segnen oder auch, um eine mündliche Botschaft anzuhören.

Als sich der Avatar der Seite der Männer näherte, sah ich einige Gläubige reflexartig die Hände zum Gebet zusammenpressen und sie über den Kopf heben. Andere, die in der ersten Reihe saßen, warfen sich mit dem Oberkörper nach vorn, um dem Avatar die Füße zu küssen. Dieser hob leicht abwehrend die Hände empor, während der ihn begleitende bullige Tempeldiener die sich so verhaltenden Gläubigen recht grob, wie mir schien, zurechtwies. Sie ließen sich jedoch, nachdem der Avatar und sein Begleiter vorbei waren, noch einmal nach vorn fallen, um wenigstens die Spuren der heiligen Füße mit den Lippen zu berühren.

Sobald der Avatar in ihrer Nähe war, kam vielen ein fanatischer Glanz in die Augen. Ich sah, wie sie sich im Außersichsein leicht verdrehten. Und wie verhielt ich mich, als es soweit war? Ich verwandelte mich in ein vierfüßiges Tier, krabbelte zwischen sich drängelnden Leibern nach vorn, hob kniend den Oberkörper empor und versuchte, während der bullige Tempeldiener durch heftige Gesten mir tieferes Ducken anbefahl, dem Avatar meinen Brief zu übergeben, vergeblich, er schien meine ausgestreckte Hand nicht zu bemerken. Erst nachdem er schon ein paar Schritte weitergegangen war, sah er sich plötzlich um, blickte mich kurz an, nur so kurz, daß sein Blick, als seine Hand meinen Brief entgegennahm, schon längst abgeschweift war. Wieder zurück auf meinem Platz, sah ich noch, wie der Avatar plötzlich die Rechte hob, ihre Innenfläche nach oben drehte, während sein Arm eine schüttelnde Bewegung machte.

"Jetzt materialisiert er heilige Asche", flüsterte Knut mir zu, aber ich konnte in der hitzeflimmernden Luft über dem Avatar nicht einmal eine Andeutung fliegender Asche sehen. "Du bist blind für Wunder", sagte ich mir. Erst als der Avatar wieder in seinem Tempel verschwunden war, gab der Tempeldiener das Zeichen zum Aufstehen. Schweigend verließ die Menge den Vorplatz.

Auf dem Hauptweg in der Nähe der Kantine traf ich Gita. Sie fragte mich, welchen Eindruck die Erscheinung des Avatars auf mich gemacht habe. Zu meiner eigenen Überraschung antwortete ich: "Keinen besonderen." Sie antwortete, sie sei von seiner Liebe so überwältigt worden, daß sie vergessen habe, ihm ihren Brief zu übergeben. Diese Bemerkung löste eine kleine Panik in mir aus.

"Auch ich liebe dich, Gita."

Kaum hatte ich diesen Satz ausgesprochen, wollte ich ihn wieder zurücknehmen. Er schien mir unpassend zu sein in einem Augenblick, wo augenscheinlich eine ganz andere Liebe von Gita Besitz ergriffen hatte. War es nicht geradezu lächerlich, auf einen Guru eifersüchtig zu sein, den ich in einem Winkel meines Herzens für einen Betrüger hielt? Ich begleitete Gita bis zu ihrem Wohnblock, wo wir uns auf einen Steinabsatz setzten. Hier waren wir relativ sicher vor Spähern der Verwaltung, die unerlaubte Mann-Frau-Beziehungen auskundschafteten. Gita kam auf die Interviews zu sprechen, die der Avatar häufig nach dem *darshan* in seinen Privaträumen im Tempel gewähre, um Gläubigen die Möglichkeit zu geben, ihre persönlichen Wünsche und Nöte zu äußern. Wer dazu von ihm empfangen werde, bestimme er allein, wenn man auch darum bitten dürfe. Es habe sich aber gezeigt, daß der Bitte von Gruppen leichter entsprochen würde als der von Einzelpersonen, und deshalb wolle sie vorschlagen, daß eine aus Männern und Frauen zusammengesetzte deutsche Gruppe einen Sprecher wählte, der bei einem *darshan* dem Avatar die Bitte dieser Gruppe um ein Interview vortragen solle. Sie wolle, daß auch ich dieser Gruppe angehöre, fügte sie zum Schluß hinzu. Ihr Wohlwollen machte mich einen Augenblick lang kühn:

"Gita, was würdest du antworten, wenn der Avatar dich bei einem solchen Interview fragen würde, ob du meine Frau werden willst?"

"Nein!"

"Und wenn er es dir befehlen würde, meine Frau zu werden?"

"Nein!"

"Du würdest dich also gegen den Willen des Avatars auflehnen?"
Gita antwortete, da unterliege ich einem Irrtum. Nie würde der Avatar einen derartigen Befehl geben. Menschliche Verbindungen seien ihm nicht wichtig. Er wolle, daß die Menschen in Verbindung mit dem Göttlichen träten. Was mich nun betreffe, so sei ich zu alt für sie. In zehn Jahren sei ich 65 und dann dürfe ich nach dem Willen des Avatars keine Frau mehr berühren, weil ich mich dann ausschließlich Gott zu widmen hätte. Doch ich gab nicht nach und sagte, daß wahre Liebe solche von außen kommenden Beschränkungen nicht achte. Gita antwortete streng:
"Soll ich noch deutlicher werden? Von dir geht keine erotische Ausstrahlung auf mich aus. Zum wievielten Male muß ich es dir noch wiederholen: Wenn du meine Liebe spürst, ist das keine Geschlechtsliebe sondern die spirituelle Liebe des Avatars, die ich empfange und an dich weitergebe. Robert, wir sind hier im Paradies - weit von aller Wirklichkeit entfernt. Die Welt ist hier, wie sie sein sollte - wie sie vor dem Sündenfall war. Deshalb habe ich hier auch keinerlei sexuelle Bedürfnisse."

* * *

Auf der Anschlagtafel neben der Anmeldung wurde für den Abend ein Vortrag von einem Dr. Kastlov angekündigt mit dem Thema: Die Wunder des Avatars. Weiter war angegeben, daß die Ausführungen besonders für Nicht-Inder gedacht seien. In der Vermutung, daß auch Gita da sein werde, ging ich hin. Es war spät, als ich ankam. Der kleine Raum im Gebäude der ständig im Ashram wohnenden war fast bis auf den letzten Bodenplatz besetzt. Als ich auf meinem mitgebrachten Sitzkissen Platz genommen hatte, erkannte ich auf der Frauenseite Gita, aber sie bemerkte mich nicht oder wollte mich nicht bemerken. Ich hatte keine Zeit, darüber nachzudenken, denn der kleine alte Mann mit Stock humpelte herein, den ich am Morgen beim *darshan* zum Tempel hatte gehen sehen: der Biograph des Avatars. Er verbeugte sich tief vor dem Bild an der Wand, wobei er die zusammengelegten Hände zur Stirn führte. In dieser Haltung der Anbetung und Verehrung verharrte er einen Augenblick, bis er hinter das Rednerpult trat, die Anwesenden zu einer kurzen Meditation und zum Aussprechen des heiligen Lautes AUM aufforderte.

Der kleine Mann erwies sich in seinem Vortrag als glänzender Redner und Unterhalter, der es verstand, durch witzige Vergleiche die Atmosphäre aufzulockern. Er erzählte von einem Kind im Ashram, das geschrien habe: "Ich will hier weg, das Essen schmeckt mir nicht, es ist mir zu scharf!", und verglich nach einem Exkurs in die Geschichte der Gewürze die zu scharfe Speise mit der Lehre des Avatars, die uns nicht schmecke, weil wir lieber gewöhnliche Menschen bleiben wollten.

Der Avatar sei von Anfang an kein gewöhnlicher Mensch gewesen. Als Kind habe er Hahnenkämpfe, Bärenjagden, Ochsen-am-Schwanz-ziehen, Fleisch-und-Fischessen und Filmesehen abgelehnt und schon erste Wunder getan. Er sei tagelang ohne Essen ausgekommen. Ein Geist müsse ihn ernährt haben. Als er vierzehn Jahre alt war, habe ihn einmal ein schwarzer Skorpion gestochen. Er sei ohnmächtig geworden, und der Arzt habe ihn aufgegeben. Am anderen Morgen sei er völlig gesund und als gewandelte Persönlichkeit aufgestanden. Plötzlich habe er aus heiligen Schriften zitiert, die er nie gelesen haben könne. Er habe vor den Augen der Familie Blumen, Reisbällchen und Zucker materialisiert. Da habe man geglaubt, er sei von einem Geist besessen und habe nach einem Geisteraustreiber gesandt, der den Jungen mit einem Stock bedroht habe. Damals habe dieser zum ersten Mal erklärt, daß er kein gewöhnlicher Mensch sei sondern ein Avatar, gekommen die Menschheit vom Bösen zu befreien. Und als er dies sagte, sei dem Geisteraustreiber der Stock aus der Hand gefallen.

Dr. Kastlov brachte noch andere Beispiele für die wunderbaren Fähigkeiten des Avatars. Er sei in der Lage, Tote zum Leben zu erwecken, über weite Entfernungen Gedanken auszusenden und zu empfangen, überall gleichzeitig zu sein, alles in alles zu verwandeln. Er berichtete, wie er mehr als einmal Zeuge einer solchen Wundertat geworden sei. So habe der Avatar, als einmal auf einer gemeinsamen Autofahrt das Benzin ausging, Flußwasser in Benzin verwandelt. Er tue so etwas aber nicht, um Sensationslust zu befriedigen, sondern um den Menschen ein Beispiel zu geben: Die Menschen sollten aus ihrem Tierdasein erwachen und erkennen, daß sie göttlich sind und - erreichten sie die höchste Stufe wie er -, sich den Naturgesetzen, der Diktatur von Zeit und Raum entziehen können.

Nach dem Vortrag verpaßte ich Gita. Ich wartete vergeblich vor dem Haus. Sie war längst in der Dunkelheit verschwunden. Im Grunde war ich froh darüber. Es hätte unnütze Diskussionen gegeben. Mit meiner Skepsis fühlte ich mich hoffnungslos allein. Ach, für Gita war ich nicht göttlich genug. Nur vor einem Avatar konnte sie in Flammen stehen.

Am folgenden Tag führte mich Dr. Nahom, der Rechtsanwalt aus Singapur, zu dem Dorfastrologen, Mr. Ganesh. Der grauhaarige ältere Herr, der uns auf dem Umgang seines prächtigen zweistöckigen Hauses entgegenkam, zeigte sich als intelligenter, gebildeter Mann. Er war gut mit der Familie des Avatars bekannt, der hier im Dorf aufgewachsen war. Ich hätte mich gern mit ihm über den Vortrag von Dr. Kastlov unterhalten, verschob dieses Gespräch aber auf später, da Mr. Ganesh uns seine Seidenraupenzucht zeigen wollte. Es war ein Raum mit Holzregalen, auf deren Rosten Maulbeerblätter lagen.

" Können Sie die Raupen sehen?" fragte Mr. Ganesh. "Sie haben noch nicht begonnen, ihre Kokons zu spinnen. Später werden die Kokons auf 75 Grad erhitzt und dann in meiner Seidenspinnerei abgehapselt." Wieder quälten mich unbotmäßige Gedanken. Ich wollte Dr. Ganesh fragen, ob er anläßlich einer früheren Inkarnation nicht eine Raupe gewesen sei. Vielleicht konnte bei einem schlechten Karma ein Mensch in einem anderen Leben wieder Seidenraupe werden. Vielleicht waren diese Seidenraupen früher Menschen gewesen. Stellte Mr. Ganesh auch Horoskope für Seidenraupen aus? Sagt er ihnen, daß sie Schmetterlinge werden?

Wir verließen den Raum mit den Holzgestellen und folgten Mr. Ganesh in sein Arbeitszimmer. Dort gab ich zwei Horoskope in Auftrag: eins für Gita und eins für mich. Er sollte in alter indischer Tradition feststellen, ob die Sterne einer eventuellen Verbindung von uns beiden günstig waren. Trotz meiner Skepsis solchen Vorhersagen gegenüber glaubte ich an ihren positiven Einfluß auf Gita. Immerhin war die Sache einen Versuch wert. Nachdem ich im voraus bezahlt hatte, ließ ich Mr. Ganesh mit Dr. Nahom allein.

Wenige Tage später gelang es mir, Gita zu überreden, mit mir den Dorfastrologen aufzusuchen, um unsere Horoskope abzuholen. Sie war noch nie im Dorf gewesen. Sie hatte Angst gehabt, ohne Begleitung dorthin zu gehen. Wir ließen die Ashrammauer, die *Bank of India*, die letzten Verkaufsbuden hinter uns. Mir war als schwebte ich neben Gita, deren Aura sich plötzlich ungehindert entfalten konnte. Es war das erste Mal, daß wir außerhalb des Ashrams miteinander allein waren, und mein Körper ließ sich zu meinem eigenen Schrecken im Schutz des weiten Gewandes, das ich trug, hemmungslos gehen. Doch meine gut geschützte Erregung ebbte infolge der vielen fremdartigen Eindrücke allmählich ab. Auf dem aufgeweichten Weg kamen uns großrädrige Ochsenkarren entgegen. Vor den niedrigen Lehmhütten spielten schmutzstarrende Kinder. Dunkelhäutige Frauen, in Tücher undefinierbarer Farbe gehüllt, wuschen und kochten und sahen uns regungslos an. Herrenlose Hunde kreuzten unseren Weg, der an einer weiß getünchten Mauer vorbei führte, hinter der sich ein kleiner Tempel befand. Zwischen den Lehmhütten standen hin und wieder zweistöckige Steinhäuser mit Loggien und prächtig bemalten Fassaden. In eines dieser Häuser hatte die Familie des Avatars ziehen können. Aber das Haus des Astrologen - wo war es? Schon befanden wir uns am Rande des Dorfes, wo die Ölbaumhaine, die kleinen Tee- und Maulbeerplantagen und die Viehweiden begannen. Ein tiefer Tümpel voller Schmutzwasser und Abfall tat sich auf. Zwei wilde Hunde schleckten die gelb-grünliche Flüssigkeit. Hinter einem Misthaufen schrie ein Esel.

"Kehren wir um", sagte ich.

"Ich wäre sowieso nicht mit dir zum Astrologen gegangen", sagte Gita, "aber ich bin dir dankbar, daß du mich hierher geführt hast."

Zurück in den Basar an der Ashram-Mauer gelangt, setzten wir uns in ein kleines Lokal und bestellten, wie üblich, Ingwer-Tee. Der Anflug von Freundlichkeit, mit dem sie mich bei unserem Wortwechsel im Dorf angesehen hatte, war jetzt aus Gitas Zügen gewichen. Es kamen die üblichen Anwürfe: daß ich niemanden richtig wahrnähme, daß mir jedes Selbstbewußtsein fehle, daß ich bodenlos ungeschickt sei. Als ich nichts darauf erwiderte, sagte sie nach einer Pause:

"Ich komme mir immer wie deine Mutter vor. Muß ich denn immer

Männer treffen, die eigentlich meine Söhne sind? Vielleicht müßte ich sie erziehen, ihnen eine Chance geben, erwachsene, wirkliche Männer zu werden."

* * *

Nachdem ich geträumt hatte, daß ich mit Gita geschlafen und mit einem Nebenbuhler geboxt hatte, und dann in einen leeren Raum entschwebt war, erwachte ich am nächsten Morgen sehr früh und beschloß, an der Meditation im Tempel teilzunehmen, die um fünf Uhr stattfand. Als ich aus dem Haus trat, lag über dem Ashram noch tiefe Dunkelheit. Nur hier und da fiel ein Lichtschein auf den leeren Hauptweg. Es war kühl, und ich fröstelte, obwohl ich mir einen Pullover übergezogen hatte. Dann sah ich in der Vorhalle des erleuchteten Tempels die Gläubigen, in Dreierreihen sitzend, auf den Einlaß warten. Auf einen Wink des Tempeldieners hin erhob sich die erste Reihe und zog langsam in den Tempel ein. Als auch ich schließlich den Raum betrat, wies mir der Ordner einen Platz ganz hinten an, weil ich - ich begriff es nicht gleich - ein Sitzkissen dabei hatte. Der mit seiner Hakennase und seinem ausgemergelten Gesicht an Savonarola erinnernde Greis hatte die Aufgabe, möglichst vielen Gläubigen Platz zu verschaffen. Das Schweigegebot zwang ihn, bloß durch Gesten und Fingerschnipsen die schon Sitzenden zum Aufrücken zu bewegen und die neu Eintretenden auf Sitzlücken aufmerksam zu machen.
Als der Tempel bis auf den letzten Platz gefüllt war, schloß der Ordner die Tür ab und wartete auf das Zeichen. Endlich ertönte ein Gong, und das Licht erlosch. Sofort durchdrang der Laut AUM die Dunkelheit. Dreimal wurde das Mantra gesprochen, dann kam kehliger Gesang herüber. Es sangen drei Frauen zu Tönen einer Harmonika. Dann Stille. Ich hatte vage etwas über Lichtmeditationen gehört und konzentrierte mich auf eine Kerze, die vorn am Altar flackerte. Die Kerze schien auf und erlosch. Die Köpfe der vor mir Meditierenden bewegten sich wie in Zeitlupe hin und her, vor und zurück; die Menge war ein riesiger, atmender, schlafender Körper. Ich schloß die Augen, um mir die Kerze vorzustellen. Dann versuchte ich, mich von dem vorgestellten Licht ganz durchfließen zu lassen. "Eine vom inneren Licht durchflossene Hand kann nichts Böses mehr tun",

hatte der Avatar gesagt. Nach seinem Willen sollte das Licht im Menschen alle tierischen Reste ausbrennen bis endlich der Körper einem Tempel glich, in dem das Röhren der Brunst, das Grollen der Wut, das Stöhnen der Begierde, aber auch das Zischeln des Neides sowie das Kreischen und Wimmern der Angst der Totenstille ewigen Friedens weichen sollte. Konnte ich mich dem Willen des Avatars unterwerfen, ohne gleichzeitig das Ziel meiner Reise, die Verbindung mit Gita, zu opfern?

Ich wußte, daß meine vergebliche, allzu irdische Leidenschaft es war, die mich an der Meditation hinderte, aber mein Wille war zu schwach, etwas daran zu ändern. Auch der junge österreichische Yogalehrer Max, dem ich in der Kantine durch meine Niedergeschlagenheit aufgefallen war und dem ich meine Schwierigkeiten gestanden hatte, konnte mir mit seinen wohlgemeinten Sprüchen nicht helfen:

"Wenn jemand hier depressiv wird, ist das ein großer Fortschritt. Freue dich: Der Avatar arbeitet mit dir."

"Der Avatar weiß alles über dich. Er hat dich in diese Situation gebracht, damit du dein Ich aufgeben und dich dem Göttlichen öffnen kannst."

"Nach dem Tod deiner Frau gab es ein großes Loch. Das hättest du mit diesem Göttlichen ausfüllen sollen. Stattdessen bist du nun hinter einer neuen Frau her."

"In deiner Liebe ist noch Begehren enthalten, deshalb ist sie keine wirkliche Liebe."

"Warum lebst du in Phantasien und nicht in der Gegenwart? Sie ist das wahrhaft Wirkliche, das Einzige, was zählt, was nicht Illusion ist. Deine Phantasien aber sind Illusion. Zum Beispiel: Wenn ich mich vom Avatar erleuchten lasse, werde ich Gita bekommen."

Am späten Nachmittag stieg ich mit Gita den kahlen Berg hoch, der sich hinter dem Ashram erhob, einen Vorberg des Gebirges, das in weitem Bogen das Flußtal umgab. Gita sah mich ohne zu lächeln von der Seite an:

"Ist nicht das himmlische Licht, das der Avatar uns gibt, ein viel bleibenderes und auch größeres Glück als das, was bei einer banalen Beziehung herausspringt?"

Ich antwortete nicht. Die Abendsonne stand niedrig über den Bergen. Wir blieben stehen und blickten zurück. Schatten leichter Wolken bedeckten graugrüne Hügel, über die staubgraue Steinbrocken gestreut waren. Gitas Nähe ließ die Landschaft leuchten.

"Zwei Jahre lang will ich mit Männern nichts zu tun haben", sagte sie plötzlich. "Wenn ich dann den Richtigen treffe, verspreche ich mir etwas Überwältigendes."

Unter anderen Umständen hätte ich diese Bemerkung für völlig unreif gehalten. Aber jetzt und hier las ich nur eine schroffe Abweisung heraus. Plötzlich blieb Gita stehen.

"Ich möchte hier meditieren."

Sie kletterte mit ihren bloßen Füßen über einen flachen Wall kleiner kantig-spitzer Granitsteine. Ich wollte ihr beim Übersteigen dieses Walles die Hand reichen, aber sie lehnte ab. Zögernd kehrte ich um, kletterte schließlich einen quer zum Weg verlaufenden Seitenpfad hoch. Eine flache Felstafel lud zum Sitzen ein. Ich sah Gita unten, den Rücken mir zugewandt, meditieren, dann drehte ich mich, um sie nicht mehr zu sehen, in die entgegengesetzte Richtung. Ich erinnerte mich an einen anderen Spruch des Yogalehrers Max:

"Liebe die Bäume, die Steine, die Wolken - warum immer nur Frauen?" Sollte ich diese Felstrümmer lieben? Die sanften Pastellfarben der ausgedörrten Ebene, die Streifen für Streifen mit den ziehenden Wolken bald erloschen, bald aufleuchteten? In allem Sichtbaren war Wechsel: Sterben und Wiedergeborenwerden. Auch das innere Licht - ich hatte es bei der Frühmeditation erfahren - flackerte und erlosch schließlich; es sei denn, man verschaffte ihm den leeren Raum einer Stahlkammer, die keine Leidenschaft aufbrechen konnte. Ich ging langsam zum Ashram hinunter. Kaum jedoch war ich in Sichtweite des Tempels, gewann ein fremder Wille Herrschaft über mich, und ich kehrte wieder um. Langsam den Berg wieder hinauf kletternd stritt ich mit mir wie mit einem Blöden, den es zur Vernunft zu bringen galt.

"Vielleicht begegnen wir Gita", sagte der Blöde entschuldigend zu meiner Vernunft.

"Weißt du nicht, daß der Avatar sinnloses Hin- und Herlaufen als Ausdruck konfuser Herzen bezeichnet hat?", fragte meine Vernunft zurück.

Bei meinem Aufstieg in die Nähe des Meditationsbaums gekommen begegnete ich Gita, wie der Blöde in mir vermutet hatte. Aber sie bog, kurz bevor wir aneinander vorbeigingen, den Weg zu diesem heiligen Banyan-Baum ein, streifte mich nur mit einem vagen, gleichgültigen Blick. Ich stieg indessen weiter, als wäre Gita zu begegnen nicht der Anlaß meiner Umkehr gewesen. Ich setzte mich wieder auf meine Felsplatte, jetzt aber in die Richtung sehend, wo Gita gesessen hatte. Landschaft ohne Gita, dachte ich. Die Sonne stand jetzt knapp über dem Berg. Ein kühler Wind war aufgekommen. Vom Ashram tönte Gesang herauf: "Shanti, Shanti - Friede, Friede." Die Farbe der fernen Berge, eben noch leuchtend blau, stumpfte ins Graue ab. Nur die nahe Ebene hatte noch Sonne, glühte rötlich-braun. Ohne Gita konnte ich diese Landschaft nicht lieben. Als ich hinuntergehend am Meditationsbaum vorbeikam, war sie fort.

Seitdem ich dem Avatar meinen Brief übergeben hatte, wartete ich, wenn auch nicht auf eine Antwort, so doch auf ein Zeichen. Ich wartete darauf, wenn er beim *darshan* relativ nahe an mir vorbeiging. Oft hatte ich das Glück, in der zweiten oder dritten Reihe zu sitzen, so daß der Avatar mich sehen konnte. Aber in den ersten Wochen glaubte ich, er blicke an mir vorbei oder über mich hinweg. Sein Antlitz war dann unbeweglich wie eine Maske - polierter Stein, in den sich die Augen wie in Höhlen zurückgezogen hatten. Eigentlich konnte ich froh darüber sein, daß der Blick aus dem Maskengesicht mich nicht traf. Diesem bohrenden Röntgenblick sollte angeblich keine verborgene Schwäche entgehen! Einige Gläubige bekannten, ihnen seien durch diesen Blick plötzlich frühere Verfehlungen aufgegangen, sie hätten ihr von Haß, Wut und Gier beflecktes Herz erkannt und die Notwendigkeit, es von all dem zu reinigen, damit der versöhnte Geist des Avatars darin einziehen konnte. Manche wurden jäh erleuchtet und bekehrt und gründeten in ihren Heimatländern Avatar-Gemeinschaften, die sein Bild mit Lobgesängen und Speiseopfern kultisch verehrten. Wenigen Auserwählten offenbarte er statt der zornigen Shiva- die liebende Shakti-Natur. Und wirklich konnte ich beobachten, wie sein Steingesicht, als er sich über einen Krüppel beugte, den man im Rollstuhl herangefahren hatte, wie unter einem Sturm zu wogen begann, bis es sich in das Antlitz einer leidenschaftlich liebenden Frau verwandelte, in dem die von keiner Höhle mehr geschützten Augen groß und leuchtend waren. Als der Avatar mich nach ein paar Wochen beim *darshan* zum ersten Mal anblickte, war ich enttäuscht. Es war weder der Blick des Inquisitors noch der einer Liebenden, sondern ein gänzlich emotionsloser, registrierender Blick. Ich war enttäuscht und erleichtert zugleich, zufrieden und unzufrieden. Zufrieden, weil ich mich wahrgenommen wußte. Und was die Antwort des Avatars auf meinen Brief betraf, so setzte ich nun meine Hoffnung auf das Gruppen-Interview, das Gita in die Wege zu leiten versprochen hatte.

Eines Abends wollte mich Dr. Nahom, der Rechtsanwalt aus Singapur, sprechen. Was er mir sagen wollte, sei nicht für jedermanns Ohren bestimmt. Wir setzten uns auf das freie Feld hinter den Wohnblöcken des Ashrams. Es war Vollmond, ein paar wilde Hunde umkreisten uns, wir mußten sie mit Steinwürfen vertreiben. Dr. Nahom hatte über mich mit dem Dorfastrologen gesprochen. Ich war darüber erstaunt, denn ich hatte die Horoskope längst abgeholt und Mr. Ganeshs teils nichtssagende, teils lächerliche Deutungen und Voraussagen schon wieder vergessen. Was mein Verhältnis zu Gita betraf, so hatte er auf Grund der Sternstellungen eine glückliche Ehe durchaus für möglich gehalten. Als ich dies Dr. Nahom erzählte, erwiderte er:
"Ich muß Ihnen leider mitteilen, daß Mr. Ganesh Ihnen nicht die volle Wahrheit gesagt hat. Er wollte sie nicht quälen. Die Tierkreiszeichen von Gita und Ihnen, Skorpion und Stier, garantieren zwar geschlechtliche Erfüllung, aber das Zusammenleben würde für sie beide auf die Dauer die Hölle sein. Der Astrologe hat mich damit beauftragt, sie zu warnen. Lassen Sie die Hände von dieser Frau! Reisen Sie sobald wie möglich von hier ab!"
Nachdem ich mich von Dr. Nahom getrennt hatte, traf ich Gita. Sie grüßte mich freundlich mit einem "Gute Nacht, Robert."
Ich grüßte zurück: "Gute Nacht, meine Liebe."
Nach einer Weile rief sie mahnend aus der Dunkelheit: "Ich heiße Gita!" Sie hatte mir "meine Liebe" verwiesen. Als ich sie am nächsten Morgen nach dem Chorsingen (wir übten für Weihnachten) im

Auditorium traf, grüßte ich sie ohne die vertrauliche Anrede, aber sie antwortete nicht, blickte mich ohne Lächeln an, drängte durch die Menge aus der Halle. Da ich noch meine vor dem Auditorium abgelegten Sandalen suchen mußte, konnte ich ihr nicht nacheilen.

Ich traf Gita erst am nächsten Vormittag nach dem *darshan* in einem *tea shop* außerhalb der Ashrammauer, wo sie mit Freundinnen frisch gepreßten Fruchtsaft trank. Ich wollte mich dazu setzen, aber sie schüttelte den Kopf. Verwundert nahm ich am benachbarten Tisch Platz. Sie stand auf und trat an mich heran, ohne sich zu setzen:
"Du weißt, es ist verboten, daß Männer und Frauen einander treffen, wenn sie nicht miteinander verwandt sind. Ich habe dem bisher keine besondere Bedeutung beigemessen. Eben ist mir aber zu Ohren gekommen, daß ein unverheiratetes Paar aus dem Ashram hinausgeworfen worden ist. Da ich noch eine Weile hierbleiben möchte, ist es besser, wir unterlassen unsere Diskussionen, auch hier draußen im Basar."
"Gita, dann ist es am vernünftigsten, ich reise ab."
"Das ist Flucht. Warum hältst du nicht durch? Du hattest doch vor, noch bis Februar zu bleiben. Zu Weihnachten soll es hier ganz besonders schön sein. Viele kommen aus Europa extra dazu angereist. Und zu Neujahr soll ein großes Kinderfest mit Tanz, Theaterspiel und großem Umzug stattfinden. Der Avatar wird bei dieser Gelegenheit Wunder tun. Und dann das Interview der deutschen Gruppe bei ihm, für das wir viel Aussicht haben - willst du das alles versäumen?"
Dann ging sie an den anderen Tisch zu ihren Freundinnen zurück.

* * *

Es war schon Mitte Dezember, als ich bei der Fünf-Uhr-Meditation frühmorgens im Tempel zum ersten Mal den ersten Schimmer des so oft beschworenen ganz Anderen zu erfahren glaubte. Im letzten Augenblick gekommen saß ich wie immer in der hintersten Reihe auf meinem Luftkissen. Das übliche Singen, das dreimalige Raunen von AUM, dann Schweigen. Nachdem ich eine Weile zur Altarkerze hingeblickt hatte, versuchte ich, mit geschlossenen Augen, mir das Licht vorzustellen. Ich sah mich zuerst in einem Kirchenschiff mit Kruzifixen, Altären. Plötzlich öffnete sich in der Apsis ein Fenster. Für Sekunden hatte ich die Empfindung eines heiligen Lichts. Die Erregung, die diese Empfindung begleitete, erinnerte mich an eine ekstatische Erfahrung, die mir vor Jahren ein LSD-Trip beschert hatte: Damals hatte sich in einer Lichtwelle, die von Vibrationen meines Körpers ausging, mein Ich aufgelöst und ich hatte mich in überirdischer Lust unsterblich geglaubt. Diesmal fehlte die Lust, und es war auch gleich alles vorbei. Es schwindelte mir, als sei ich der Gefahr entronnen, mich völlig an dies Heilige zu verlieren, ohne mich je wieder daraus lösen zu können.

Nach der Meditation stieg ich den kahlen Berg hinter dem Ashram hinauf. Unter dem Banyanbaum saßen schon einige Meditierende, die im Halbdunkel wie aufrechte Schatten aussahen. Ich stieg noch höher bis zum niedrigen Kamm des Hügels, der mit Steinen aller Größe bedeckt war. Ich setzte mich mit gekreuzten Beinen auf einem fast mannshohen Felsen, schaute nach Osten, wo nach einer Weile hinter einen violettfarbenen Bergkette die rote Scheibe der Sonne sichtbar wurde. Ich sah hin, bis mir die Augen schmerzten, bis ich erkannte, daß das Licht dieses Sterns, der unserem Planeten Leben und Wärme gibt, von mir nicht als so heilig empfunden wurde wie das innere Licht, das ich soeben im Tempel mit geschlossenen Augen gesehen hatte. Wo war *maya*, der Schein - in mir oder außer mir?

Beim anschließenden Hinuntersteigen begegnete ich Gita, die auch den Sonnenaufgang beobachtet hatte. Als sich unsere Blicke begegneten, lächelte keiner von uns. Wir gingen auseinander ohne ein Wort gesprochen zu haben.

Ich wollte mir nicht eingestehen, daß ich eifersüchtig auf Heinrich war. Heinrich war Österreicher wie Max, der Yogalehrer. Ich mußte bei Heinrichs Anblick ständig an einen Apostel denken: Er trug Haar und Bart wie ein Mann auf einem Heiligenbild. Mir wich Gita aus, aber in Heinrich hatte sie sich verliebt! Ich erfuhr es, als sie einmal beiläufig erzählte, sie habe von ihm geträumt. Wenn ich mir einredete, nicht eifersüchtig zu sein (Eifersucht zählte nach der Lehre des Avatars zu den sechs Todfeinden der Menschheit und kam gleich nach der Wollust), so gelang mir das deshalb ganz gut, weil ich wußte, daß

Heinrich, der Apostel, bei aller Sympathie für Gita, mönchisch-zölibatär bleiben wollte. Max, der Yogalehrer hatte es mir unter dem Siegel der Verschwiegenheit zu meiner Beruhigung gesagt. Dennoch ging es mir gegen den Strich, daß sie ständig mit den beiden Österreichern zusammenstand, obwohl sie mich in letzter Zeit doch ständig an das Gebot der strikten Geschlechtertrennung erinnert hatte, wenn ich mich ihr näherte - und am ersten Weihnachtstag sollte es sogar ein gemeinsames Picknick unten im Sand des ausgetrockneten Flusses geben.

Ich kam eine Viertelstunde zu spät mit meinem Liter Tee. Die bunte Gesellschaft - Männer und Frauen verbotenerweise gemischt - saß schon im Kreis um die mitgebrachten Kuchen, Salate, Suppen herum, und da die beiden Plätze rechts und links neben Gita schon besetzt waren, mußte ich mich etwas entfernt hinhocken. Aber ich war froh, einmal in Ruhe, ohne Angst vor den allgegenwärtigen Aufpassern des Avatars, ihren Anblick genießen zu können. Der rote Sari, den ich ihr vor ein paar Wochen geschenkt hatte, paßte zu ihrem langen, blonden, über die linke Schulter fallenden Haar, in das sie Blumengebinde gesteckt hatte. An ihrem Gesicht gefielen mir wieder über die hohen starken Backenknochen die großen braunen Augen, die jetzt munter hin- und herwanderten und nur leider mich aus dem Spiel ließen.
Ach, ich kontrollierte meine sinnlichen Gedanken nicht, nicht meine Eifersucht, die entbrannte, als Heinrich, der Apostel, auftauchte, und Gita ihm zuwinkte und gleich Platz neben sich machte. Jetzt konnte mich nichts mehr halten: Ich stand auf, ging um den Kreis, setzte mich aber nicht neben sie, sondern links neben Heinrich und blieb, da an dieser Stelle nicht genügend Platz war, etwas außerhalb des Kreises. Gita sah nun öfter in meine Richtung, aber ihr Blick galt Heinrich, dem Apostel, nicht mir, und um so grausamer traf es mich, als Gita plötzlich das Gespräch auf den Dorfastrologen, Mr. Ganesh, brachte, mit dem Finger auf mich zeigte und so laut sagte, daß es jeder in der Runde hören konnte:
"Der Astrologe wollte uns beide verheiraten!"
Hierauf jagte das schallende Gelächter sogar die wilden Hunde fort, die, auf Lebensmittelreste scharf, uns rings im Sande umlauert hatten.

Nach diesem Treffen war ich glücklich, nicht in den Ashram zurück-gehen zu müssen. Wegen der zu erwartenden Festlichkeiten anläßlich des Geburtstages des Avatars, dem sich noch ein großes Kinderfest anschließen sollte, gleichsam als Übergang zum Weihnachts- und Neujahrsfest, hatten sich zahlreiche Besucher aus Indien und Europa angekündigt, darunter die Besitzer der kargen Appartements in den Wohnblocks, die nun sämtlich geräumt werden mußten. Da ich keine Lust hatte, mit den anderen ausquartierten *devotees* die Massenunter-kunft einer Lagerhalle oder eines Schulgebäudes zu beziehen, war ich auf den Vorschlag des Astrologen, Mr. Ganesh, eingegangen, doch ein Zimmer bei einer befreundeten indischen Familie im Dorf zu nehmen. Etwas leichtsinnig bezahlte ich den von mir kaum herunter gehandelten Preis für einen ganzen Monat. Mein nur mit einem Tisch möbliertes Zimmer im ersten Stock eines bunt wie ein Zirkusplakat bemalten Hauses erreichte ich über die Außentreppe und einen Umgang, der auch auf die Dachterasse führte, die mir fortan gleich-zeitig als Badezimmer, Toilette und Sonnenaufgangsbeobachtungs-platz diente. Der Sohn des Hauses - wie nicht anders zu erwarten Student am Kollegium des Avatars - half mir beim Anbringen des Moskitonetzes, wobei ich seinen vorsichtigen Fragen nach den Motiven meiner Indienreise ebenso vorsichtig auswich. Kaum war er fort, lächelte seine kleine Schwester durch die Gitterstäbe des Fensters. Ich begrüßte sie ebenfalls lächelnd, eine andere Sprache kannten wir nicht; schließlich kramte ich wieder in meinem Reisesack, doch als ich mich dann noch einmal umwandte, lächelte sie noch immer. Es war ein freies, natürliches Lächeln, nicht das aufgesetzt um Frommsein bemühte, das ich vom Ashram her kannte, so glaubte ich jedenfalls, und erst als sie mit dem Finger auf meinen zu Boden gefal-lenen Kugelschreiber wies, erkannte ich Narr, daß sie gar nicht mich gemeint hatte.

Ach, wie hatte ich mich auf das eigene Zimmer im Dorf gefreut! Keine Gebete, keine religiösen Gespräche, kein nächtliches Schnarchen im Chore mehr und vor allen Dingen kein frühmorgendlicher allge-meiner Aufbruch zur Meditation im Tempel, an dem sich nicht zu beteiligen ein so schlechtes Gewissen erzeugte. Endlich das Buch über den Avatar schreiben, Abstand gewinnen auch von Gita! Und jetzt? Vergeblich suchte ich, unter dem kunstvoll geknüpften Moskitonetz liegend, den Nachmittagsschlaf. Ein Dröhnen, Brummen und Summen kam aus einer schwer zu bestimmenden Richtung. Wie ich später vom Sohn des Hauses erfuhr, arbeitete von Zeit zu Zeit die Kornmühle des Vaters im Keller. Und nachts suchten mich Träume heim, rudelweise, wie kaum je, als ich im Ashram nächtigte. Hatte mich dort der Avatar beschirmt?

Früh gegen fünf dann die Stimme des Gebetsrufers, Gesang, makellos rein wie nie gehört, hell in der noch vollkommenen Schwärze der Nacht, dann halber Schlaf, immer wieder durchbrochen von den rauhen Lauten des erwachenden Dorfes, den Schreien der fliegenden Händler, der Ochsentreiber, der Waschfrauen, den Lebensäußerungen aller möglichen Tiere, darunter den markerschütternden der Esel und den vertrauten der Hähne. Beim ersten fahlen Schimmer im Fenster schlüpfte ich aus dem Schlafsack, riegelte die Tür auf, schlurfte den Umgang entlang bis zur Terrasse, wo ein Eimer Wasser mit Schöpftopf für mich bereitstand. Beim Zähneputzen warf ich einen Blick auf den Misthaufen des Nachbargrundstücks, wohin ich nach dem Waschen, Rasieren und Pinkeln - falls niemand auf dem schmalen Pfad davor ging - das Schmutzwasser kippen würde. Der Sonnenaufgang! Jetzt mußte ich nicht mehr seinetwegen frühmorgens hinauf zum Meditationsbaum pilgern - und auch nicht ihretwegen; nein, Gita hatte ich an Heinrich, den Apostel, verloren, wenigstens zeitweise, nur selten sah ich sie noch, wenn ich zum *darshan* oder zu den Mahlzeiten den Ashram besuchte.

"Warum scheust Du das Massenquartier?" hatte sie mich einmal mißbilligend gefragt, als wir uns in der Nähe des kleinen Ganesha-Tempels zufällig trafen und sich geweigert, mein Zimmer im Dorf auch nur anzuschauen. Was meinte sie wohl damit, daß nur im unmittelbaren Bereich des Avatars Gnade und Schutz gewährleistet, die Last des schlechten Karmas vorübergehend aufgehoben sei? Hatte sie eine Ahnung von den Rudeln der Träume, die mich nachts heimsuchten und als brünstiges Tier aufwachen ließen, daß in Gita nur mehr das Weibchen begehrte? Wenn ich nachts die Toilette aufsuchte, die sich in einer Ecke des Gartens hinter dem Haus befand, mußte ich, da es keinen Hinterausgang gab, in völliger Dunkelheit ein Stück Straße passieren, und jedesmal fürchtete ich mich vor den wilden Hunden, deren Augen im Schein meiner Stablampe böse aufleuchteten, und beeilte mich, rasch von der Straße zu kommen und die Gartentür hinter mir zuzubinden.

Ich erinnerte mich, daß Mr. Druck, ein Amerikaner jüdischer Herkunft aus dem inneren Kreis des Avatars, in einem seiner Vorträge für Neulinge im Ashram, einmal im Zusammenhang mit Askese-Empfehlungen auf diese wilden Hunde zu sprechen gekommen war. Auch sie erfüllten im Bereich des Avatars eine bestimmte Aufgabe, die im Heilsplan des Avatars einen nicht zu unterschätzenden Stellenwert habe: Die Gegenwart dieser Hunde führe den Gläubigen ständig ihr tierisches Erbe vor Augen, das es um der Evolution zum Göttlichen hin zu überwinden gelte: Wollust, Zorn, Habsucht, Anhaftung, Stolz und Eifersucht, diese sechs Hemmnisse auf dem Weg zur Spiritualität demonstrierten die wilden Hunde drastisch und hinreichend abschreckend in ihrem Verhalten. Und wie es im Ashram verboten sei, diese Hunde zu tätscheln, zu füttern, aber auch zu quälen oder zu töten, so sollten auch wir unseren schlechten Trieben keine Nahrung geben, uns aber auch nicht mißhandeln, um sie abzutöten.

Im Bereich des Ashrams waren mir die wilden Hunde gleichgültig gewesen, sie hatten sich auch wenig um mich gekümmert. Waren sie einmal in das Treppenhaus eingedrungen, wurden sie hinaus gescheucht, und kam es einmal vor, daß ich ihnen ungenießbar gewordene Nahrungsmittel hinwarf, hatte ich ein schlechtes Gewissen. Hier im Dorf schienen die Hunde weniger feige, dafür bösartiger zu sein, an Nahrungsmangel schienen sie hier weniger zu leiden, denn die von mir hingeworfenen Reste ließen sie liegen.

Um so mehr erschrak ich, als ich eines Nachts in meiner neuen Unterkunft träumte, einer dieser Hunde sei in mein Zimmer gedrungen. Wie gelähmt blickte ich durch das Moskitonetz in Augen, die in der Dunkelheit gelb leuchteten, obwohl ich meine Stablampe nicht auf sie gerichtet hatte. Unter anderen Umständen hätte ich im Traum vielleicht zu brüllen angefangen, wie ich es gewöhnlich tue, wenn ein Alp mich heimsucht. Doch die Lautlosigkeit mit der alles geschah, machte mich zum willenlosen Teil meines Traums. Wie unter Zwang verließ ich mein Lager, folgte dem Hund über Umgang und Treppe zur Straße hinunter, wo schon eine Meute anderer Hunde auf uns wartete. Im Vollmondlicht konnte ich die Tiere gut erkennen, sie machten keinerlei Anstalten, mich anzugreifen, auch nicht, als ich plötzlich stolperte, hinfiel, nicht mehr aufstehen und nur auf allen Vieren gehen konnte, und zwar schneller als es meine Extremitäten sonst in dieser Lage erlaubt hätten, doch als ich plötzlich über eine Pfütze sprang, in die der Mond schien, erkannte ich, daß ich selber zu einem Hund geworden war. Unser Rudel, das, wie ich bald merkte, die Ashram-Mauer und die Tore mied, hatte bald das schlafende Dorf hinter sich gelassen und war nach Überqueren des ausgetrockneten Flußtales in die weglose Bergwildnis eingedrungen. Da ich im Gebrauch meiner Nase noch nicht so geübt war wie die anderen Hunde, hatte ich in der unwegsamen Halbwüste bald jede Orientierung verloren. Plötzlich verlangsamte sich die Jagd der Meute, eine Drängelei entstand, viele Tiere blieben zitternd stehen. Ich stemmte mich auf die Vorderläufe, um einen Überblick zu haben: Im vollen Licht des Mondes lag eine große flache Talmulde vor mir. Doch was ich zunächst für zahllose, kleine, Schatten werfende Felsbrocken gehalten hatte, erwies sich bald als Großversammlung wilder Hunde, Rüden und Hündinnen durch eine Schneise getrennt, wie es schien. Über der Versammlung lag eine lähmende Stille.

Es verging eine Zeit, die mir, hätte es sich nicht um einen Traum gehandelt, endlos vorgekommen wäre. Plötzlich sah ich, wie Rüden und Hündinnen die Ohren hoch stellten und die Vorderläufe versteiften - wie ich es schon getan hatte. Vom Mondlicht beschienen, war jetzt in der Talsohle ein heller, springender Fleck erkennbar. Ich preßte meine kurzsichtigen Augen zusammen. Ein schneeweißer Albinohund, nicht größer als ein Welpe, tänzelte die vorderste Hundereihe entlang, mit der Seite der Hündinnen beginnend. Nun ging eine starke Bewegung durch die eben noch so ruhige Versammlung. Die Hunde blieben nicht auf ihren Plätzen sondern stürzten, einander rücksichtslos zur Seite drängend, nach vorn, um dem Albino-Hund näher zu sein. Einige Tiere der vordersten Reihe versuchten sogar, an seinem Hinterteil zu schnuppern, wurden jedoch sofort von einem starken Tier, das offenbar als Leibwächter Dienst tat, in die Menge zurück gejagt. Unvermittelt plötzlich brach der Leithund seinen Rundgang ab, sprang auf einen fast menschengroßen Felsblock und riß sein Maul wie zum Bellen und Heulen auf. Ich hörte nichts in meinem Traum, doch schien es mir, daß der Hund eine Rede hielt. Die Rede mußte mehr und mehr mich zum Inhalt haben. Zuerst richteten immer mehr Hunde nur die Augen auf mich, dann kroch einer nach dem anderen heran, um mein Hinterteil zu beschnuppern und nur ein gewaltiges Bellen aller Leibwächterhunde brachte sie schließlich auf ihre Plätze zurück. Der Albino-Hund setzte seine Rede fort, über andere Gegenstände als mich, wie es schien, denn die Hunde beachteten mich nicht länger, gerieten aber besonders auf der Seite der Rüden immer stärker in Erregung. Schließlich sprang der Albino-Hund vom Felsen.

Ein unbeschreibliches Chaos brach aus und plötzlich roch ich im Traum einen infernalischen Gestank, der durch das, was ich mit meinen kurzsichtigen Augen schemenhaft wahrnahm, hinreichend erklärt wurde: Die meisten Rüden hatten sich über Hündinnen hergemacht, deckten sie in der Position a tergo. Das anschließende Wechseln der Weibchen verlief nicht immer reibungslos, schon sah ich einige Rüden ineinander verbissen, einige Hündinnen konnten sich entziehen, andere wurden verschmäht. Plötzlich spürte ich wieder ein Kitzeln von einer leckenden Zunge an meinem Hinterteil. Ich drehte mich um und sah in die bettelnden Augen einer Hündin. Obwohl mich gerade in diesem Augenblick eine wütende Geilheit anfiel, trollte ich doch mit eingezogenem Schwanz davon, denn meine Empfindungen nährten sich noch von menschlichen Erinnerungen. Ich war schon einige Sprünge weit vom Ort der Ausschweifungen entfernt, als mir der Albino-Hund in den Weg trat. Mit einer Kopfbewegung forderte er mich auf, ihm zu folgen. Wir kletterten zwischen großen Steinbrocken und gelangten auf eine Hochfläche. Wir setzten uns. Ich konnte jetzt eine Stimme in meinem Hundekopf hören, es war, als ob meine eigene unvergessene Menschenstimme im Flüsterton zu mir spräche:

"Sieh Kama dort oben am mondhellen Wolkenrand: Der ewige Jüngling reitet auf einem Papagei und hat seinen Bogen aus Blumen und Bienen gespannt. Warum fliehst du vor seinem Pfeil, vor der Lust, wo du doch nie Kali entgehst, die dich einst als schwarzer Abgrund zwischen ihren vier Armen zermalmt?" Und nach einer Pause: "Der Avatar, mein Feind, interessiert sich für dich, weil er gehört hat, daß du ein Buch über ihn schreiben willst. Binnen kurzem wirst du im Rahmen eines Gruppenempfangs im Tempel ein Einzelinterview bekommen. Er wird dich fragen, was du wünschst. Antworte ihm, du wünschest dir, daß er sich in einen Hund verwandle, dann erst würdest du glauben, daß er Gott sei. Wenn er es wirklich tut, werden ihn die Wächter mit Fußtritten aus dem eigenen Tempel jagen. Aber küsse ihm zuerst die Nase, damit er sich nicht mehr zurückverwandeln kann."

Dieser letzte Satz erheiterte mich im Traum derart, daß ich in ein schallendes Gelächter ausbrach und davon aufwachte.

* * *

Der Himmel im Fensterausschnitt, den ich durch mein Moskitonetz sah, war schon hell. Ich blickte auf die Uhr und stellte fest, daß ich den Morgen-*darshan* verschlafen hatte. Verflogen war die Heiterkeit und mit ihr die hündische Lust. Vielleicht würde gerade heute die kleine Gruppe von Deutschen, Männern und Frauen, darunter Gita, wie üblich nach dem *darshan* empfangen werden, ein Brief mit der Bitte um ein Interview war schon letzte Woche abgegeben worden. Ich kleidete mich rasch an, eilte die Dorfstraße hinunter, gelangte nach dem Passieren des Ashramtors aber nur bis zur äußeren Einfriedung des Tempelplatzes, weil dieser schon abgesperrt war, sah das orangene Gewand des Avatars auf der Frauenseite aufleuchten, wo ich in der fünften oder sechsten Reihe Gita entdeckte, doch er winkte nicht sie zum Tempel, sondern eine Gruppe indischer Frauen in festlichen Saris, die erst kürzlich angereist zu sein schienen. Mehr Gläubige würde der Avatar heute nicht zum Interview auffordern. Ich war sehr erleichtert, denn wie sollte ich ihm, der nach Zeugnis seiner Anhänger alles wußte, in die Augen sehen nach diesem Traum?

Danach, auf dem Weg zur Kantine, hielt ich vor der Tafel an, auf der mit Kreide die Tageslosung des Avatars geschrieben stand. Ich erschrak nicht wenig, als ich den Text las:

Die Geburt ist die Wirkung von Kama (Begierde), der Tod ist das Ergebnis von Kali (Zeit). Kama wurde von Shiva zu Asche verbrannt. Auch Kali, die Göttin des Todes wurde von Shiva in die Knie gezwungen. So muß man sich also Shiva unterwerfen., wenn man den Wirkungen von Kama und Kali entgehen will - den mächtigen, verfeindeten Zwillingen. Wenn du dich zwischen Kama und Kali befindest, nimm Zuflucht zu Rama, so kannst du ihrer unbeugsamen Strenge entfliehen. Denn Rama ist auch Atman, und Atman hat kein Kama und ist unberührt von Kali.

Der Avatar

Während ich mir den Text in mein Notizbuch schrieb, sah ich aus den Augenwinkeln Gita, ihre Freundin Mona, Heinrich den Apostel und Max den Yogalehrer vorübergehen. Etwas hemmte mich, ihnen die Frage zuzurufen, wohin sie gingen. Als ich ihnen nach Beendigung der Abschrift folgen wollte, konnte ich sie auf keinem Ashramweg mehr ausfindig machen.

Um von Eifersuchtsgefühlen loszukommen und den leichten Schmerz zu stillen, den die Tageslosung des Avatars in mir zurückgelassen hatte, stieg ich den Hügel über dem Ashram hinauf, setzte mich auf meinen flachen Stein. Unten auf dem Sportplatz Gewimmel wie auf einem Ameisenhaufen. Freiwillige Helfer waren dabei, den zu den Schulen des Avatars gehörigen Sportplatz für das *Kosmische Spiel* vorzubereiten, das Ende des Jahres zu Ehren des Avatars stattfinden sollte. Ich erwog, mich in den nächsten Tagen einer dieser Arbeitsgruppen anzuschließen. Vielleicht würde ich jemanden kennenlernen, mit dem ich meine Probleme in anderer Weise diskutieren konnte als mit den Österreichern, die im Grunde der Meinung des Avatars waren, die sie für unangreifbare göttliche Offenbarung hielten. Aber war ich gänzlich frei vom Glauben an seine übernatürlichen Fähigkeiten? Die Tageslosung schien mir plötzlich eine Antwort auf meinen Hundetraum zu sein, nein mehr noch: eine Botschaft, die der Avatar auf diese Weise mir hatte zukommen lassen. Jäh hatte ich das Gefühl, er wolle weiter zu mir sprechen und zog ein kleines Büchlein mit seinen Aussprüchen aus der Tasche, das ich an beliebiger Stelle aufschlug. Und richtig, da war vom Samen des Kama die Rede, der, einmal ins Erdreich des Herzens gesät, schwer auszujäten sei. Ja, in meinem Unterbewußtsein hatte der Same der Begierde schon längst Wurzeln getrieben - und was für welche! Aus dem Pflänzchen war ein Baum geworden, der alle Lebenskraft aus mir zog. Nicht nur, daß Kamas Pfeile mich getroffen hatten, er beherrschte, versklavte mich. Im Traum hatte er mich in einen räudigen Hund verwandelt und mich zum Komplizen seines Plans gemacht, den Avatar gleichfalls in den Körper eines Hundes zu sperren.

Und ich? Statt Gita wie eine Schwester zu lieben, hatte ich sie begehrt. Das war mir lange nicht bewußt gewesen. Doch jetzt, wo ich den schützenden Bereich des Ashrams verlassen hatte, war der lange unterdrückte Faun in mir aufgestanden, der leibhaftige Bock, der nach Erlösung durch Lust gierte. Mit unabsehbaren Folgen: so ins Tierische abgesunken würde sich mir nie der göttliche Bereich erschließen. Nie würde ich einen spirituellen Feinkörper um mich herum aufbauen, das Gefährt, in dem meine Seele den sterblichen Köper überdauern könnte. Als verwesender Kadaver würde ich die Ewigkeit verspielt haben. Ich schloß die Augen.

Plötzlich hatte ich das heftige Bedürfnis, mit einer Frau zu schlafen, hier sofort, es brauchte nicht Gita zu sein, irgendeine Frau, dafür würde ich auch die Unsterblichkeit opfern! Als ich die Augen wieder öffnete, stand statt der begehrten Frau ein kleiner Hund mit kurzem weißen Fell und rötlich angelaufenen Augen vor mir. Der Albino aus dem Traum, dachte ich erschrocken, zögerte jedoch, ihn wie im Traum anzusprechen, obwohl dies doch bei Hundehaltern kein ganz ungewöhnliches Verhalten ist.

In meiner Situation kam es mir wie der erste Schritt in den Wahnsinn vor. Auch das Tier gab keinen Laut, knurrte nicht einmal, ließ aber schließlich den Blick von mir ab und begann, mit Vorder- und Hinterpfoten im Boden zu scharren, der an dieser Stelle sandig und nur von wenigen kleinen Steinen bedeckt war. Der Hund drehte sich dabei mal links, mal rechts herum wie einer sehr komplizierten Regie folgend. Im Vergleich mit dem Verhalten der wilden Hunde im Dorf, kam mir diese Art zu graben doch merkwürdig vor, zumal die dabei verbrauchte Zeit sich hinzuziehen begann. Endlich schloß ich wieder die Augen, wie um mir zu beweisen, daß ich Opfer meiner Einbildungskraft gewesen war. Erst nach einer Weile kam mir zu Bewußtsein, daß die Scharrgeräusche aufgehört hatten.

Als ich die Augen öffnete, war vom Hund weit und breit nichts mehr zu sehen. Ich erhob mich von meinem Platz auf dem flachen Stein und blieb wie zufällig neben der Stelle stehen, wo der Hund gescharrt hatte. Überrascht ging ich in die Knie, um deutlicher zu sehen. Da stand, sehr undeutlich aber doch lesbar mit lateinischen Buchstaben in den Sand geschrieben das Wort: TANTRA.

Nein, sagte ich mir später öfter, sicher hast du dich getäuscht. Du hast in die Kratzspuren des Hundes etwas hineingelesen. Dies Wort TANTRA hat es nicht schon vorher in deinem Kopf herumgespukt? Ich wußte, daß in puritanischen Hindu-Zirkeln allein die bloße Erwähnung dieses Wortes Widerwillen und Empörung hervorruft. Ich hatte von den erotischen Skulpturen der Tempel von Khajurabu gehört, von geheimnisvollen nächtlichen Ritualen, die ganz im Widerspruch zu dem standen, was asketische Gurus und auch der Avatar lehrten.

War für diese Kama, die Lust, einer der sechs Feinde der Menschheit, der aus dem Herzen vertrieben werden mußte, ehe Gott einziehen konnte, so feierten jene den indischen Liebesgott als Stifter der Vereinigung von Shiva und Shakti, der Transzendierung aller Gegensätze. Doch wie an Adepten oder Meister dieses Kultes herankommen, wenn es zu deren Obliegenheiten gehörte, ihn vor einer auch in Indien skandalsüchtigen Öffentlichkeit zu verbergen "wie eine Kokusnuß die Milch", um einen ihrer esoterischen Texte zu zitieren?

Als ich abends, zum *bhajan*-Singen zu spät gekommen, einen kleinen Rundgang durch den Ashram machte und mich in seinem Zentrum der *Säule der Einheit* näherte, glaubte ich, meinen Augen nicht zu trauen. Da stand angetan mit Fransenhosen, Colt, kariertem Hemd, Halstuch und mit einer Adlerfeder geschmücktem Schlapphut der mir vom Schamanencamp an der Isar her wohlbekannte Atemlehrer Hans! Wir begrüßten einander, und ich erklärte Hans die Funktion dieses Stein-Lotus, der mit Emblemen für die Einheit der Weltreligionen warb.

"Aber da fehlt ja die Religion der Indianer!" rief Hans. Dann stellte er Fragen, viele Fragen, äußerte Zweifel. Er hatte auf der Tafel neben der Anmeldung einen der täglichen Aussprüche des Avatars gelesen, der mit dem Satz endete: "Maya ist eine Manifestation des göttlichen Spiels."

"Ich verstehe das nicht", sagte Hans. "Die Welt ist doch nicht nur Schein. Wenn ein Indianer mit seiner Flinte auf einen Büffel zielt, existiert dieser Büffel."

Ich antwortete: "Maya bedeutet nicht, daß die Welt pure Illusion ist. Der Hinduismus sagt, unsere Beziehungen zur Welt sind Illusion. Maya."

"Aber die Beziehung des Indianers zum Büffel sind keine Illusion, denn der Indianer braucht das Fleisch, die Haut, das Gehörn des Büffels für Ernährung, Zelt, Werkzeug und Kleidung. Und wie steht es mit den Beziehungen zu Frauen?"

"Die sollen ganz besonders illusorisch sein."

"Aber die Beziehungen der Leute hier zum Avatar - sind die keine Illusion?"

"Man sagt hier, der Avatar sei Gott. Er stehe über Maya und Karma, über den Naturgesetzen. Durch die Beziehung zu ihm können wir selbst Gott werden, vorausgesetzt wir überwinden unsere tierisch-menschliche Natur."

"Du erinnerst dich sicher noch, was einer unserer indianischen Medizinmänner predigte, bevor wir mit ihm in die heilige Schwitzhütte krochen und die heilige Pfeife rauchten: Alle Übel der Welt rühren daher, daß der Mensch sich über das Tier erhob, daß er mehr sein wollte als Hase, Krähe, Bär, Büffel. Die Indianer finden es weise, sich der Natur unterzuordnen, statt sich über sie zu erheben."

Ich fragte Hans nun, warum er mit solchen Ansichten die weite Reise nach Indien unternommen habe und hierher in den Ashram gekommen sei. Was er hier wolle. Zu meiner Überraschung erwiderte Hans, er habe einen mit *Deine Fee* unterzeichneten Brief erhalten, in dem er aufgefordert worden sei, alle seine augenblicklichen Pläne aufzugeben und sofort hierher zu kommen.

"Dieser Brief war keine Aufforderung, er war ein Befehl. Ich mußte ihm folgen wie unter Zwang, auch wenn ich nicht wußte, wer ihn geschrieben hatte. Er trug aber den Stempel der hiesigen Post."

Eine schlimme Ahnung stieg in mir auf. Ich verabschiedete mich von Hans, um Gita zu finden. Ich traf sie vor der Kantine. Als ich ihr sagte, daß Hans, der Atemlehrer vom Schamanencamp im Ashram aufgetaucht sei, reagierte sie mit Bestürzung.

"Daß ich hier nicht ohne Stress leben kann ..."

Wir gingen eine Weile schweigend nebeneinander her. Es war jetzt ganz dunkel geworden, und wir mußten keinen Aufpasser fürchten. Vor ihrem Wohnblock blieb sie stehen.

"Ich war es, der Hans den Brief geschrieben hat. Aber sage es ihm nicht. Ich bitte dich!"

Ich konnte nichts weiter klären, denn sie war im Hauseingang verschwunden.

Am Morgen des nächsten Tages meldete ich mich zur Arbeit auf dem Sportplatz, wo in wenigen Tagen zu Ehren des Avatars das *Kosmische Spiel* aufgeführt werden sollte. Ich traf meinen ehemaligen Zimmergenossen Knut, Max den Yogalehrer und Heinrich, den Apostel. Ich erkundigte mich nach Dr. Nahom, dem Rechtsanwalt, und erfuhr, daß er am Vortag die Heimreise nach Singapur angetreten hatte. Ich unterdrückte meinen Ärger über den Verlust meines Schweizer Taschenmessers, das ich ihm ausgeliehen hatte, und reihte mich in die Menschenkette ein, die Blechschalen voll Erde und Stein vom Spielfeld zum Berggelände beförderte. Nach ein oder zwei Stunden wurde die Arbeit plötzlich unterbrochen. Jemand zeigte auf einen weißen Mercedes, der über den Platz geradewegs auf uns zu fuhr. Der Avatar! Als er, sein Biograph Dr. Kastlov und ein Tempeldiener ausstiegen, ließen wir unsere Blechschalen fallen und bildeten einen Halbkreis. Der Tempeldiener hatte Körbe mit Apfelsinen und Bananen herbeigeschleppt, und der Avatar warf uns die Früchte zu. Er amüsierte sich wie ein Kind, wenn einer von uns eine Banane oder eine Apfelsine nicht fing und wie ein Hund zu Boden stürzte, um zu zeigen, wie sehr er des Avatars Gnade zu schätzen wußte. Als keine Früchte mehr in den Körben waren, stimmte ein grauhaariger, untersetzter Herr aus unserer Kolonne plötzlich einen Lobgesang an, dessen Text er rasch improvisiert hatte, indem er *avatar* auf *kalakard* (Süßigkeit) reimte, und die übrigen fielen mit einem Echo-Refrain in den Lobgesang ein.

Als der Avatar und sein Biograph wieder den Mercedes bestiegen hatten und abgefahren waren, während wir, Bananen und Äpfel schälend, eine Weile herumstanden, kam ich mit dem Vorsänger ins Gespräch. Er stellte sich mit "Friedrich, Rechtsanwalt aus St. Gallen" vor und zeigte mir, als ich im Gespräch die Göttlichkeit des Avatars anzweifelte, einen goldenen Ring, den ER in seiner Gegenwart für ihn materialisiert habe. Er gab mir den Schmuck in die Hand. Ich befühlte, betrachtete ihn. Es war ein gewöhnlicher Goldring, der nur durch eine gewisse Massivität auffiel. Jetzt hätte mich die Meinung von Hans interessiert. Warum hatte er sich vor dieser Arbeit hier gedrückt? Hatte er inzwischen Gita, seine Fee erkannt?

Ich traf beide erst eine Woche später bei dem großen Festumzug wieder. Viele Gläubige aber auch Einheimische hatten sich schon zeitig am Straßenrand vor der Ashrammauer eingefunden, um den Avatar in seiner Sänfte, die Tanzgruppen und die geschmückten Wagen zu sehen. Ich begrüßte Hans vor einem der zahlreichen Devotionalienläden, die Broschen, Ringe, Postkarten, Buchzeichen, Plakate mit dem Portrait des Avatars sowie Kassetten mit seinen Reden und Gesängen verkauften. Ich fragte Hans, ob er eine junge Frau namens Gita kenne. Sie habe am Schamanenseminar an der Isar teilgenommen und halte sich jetzt hier auf. Ich verschwieg, daß ich mit dieser Frau nach Indien gereist war. Hans schüttelte den Kopf. Er kannte keine Frau dieses Namens. Weder hier noch an der Isar war er ihr begegnet.

Wir konnten unser Gespräch nicht fortführen, denn ein Hund mit weißem Fell und rotunterränderten Augen lief plötzlich über die Straße. Mein Albino-Hund aus dem Traum! Sofort lösten sich zwei, drei Männer, die offenbar zum Ordnungspersonal gehörten, aus der Front der Wartenden und jagten den Hund, der wegen der dicht stehenden Menge nicht nach links oder rechts ausweichen konnte mit Stockschlägen vorwärts.

Kaum war der Hund meinem Blickfeld entschwunden, als auch schon die erste Musikantengruppe auftrat - ganz in Weiß mit roten Mützen und blitzenden Instrumenten, die eine schrille Militärmusik machten. Und da schwankte auch schon, von einem Wald erhobener Hände begrüßt, die Sänfte des Avatars heran. Die Nachmittagssonne blendete noch sehr, und so sah ich zwar sein leuchtend orangenes Gewand, aber nur undeutlich sein Gesicht im Schatten des rot ausgeschlagenen Baldachins, der von gardinenartig gerafften Schnüren verhängt war, das Dach geschmückt mit einem goldenen Ellipsoid, Symbol des unsterblichen und grenzenlosen Atman.

Die eben noch ihre Arme emporgerissen hatten, warfen sich nun nieder, jetzt erst beugte sich der Avatar vor, ich hob meinen Fotoapparat hoch, und während ich auf den Auslöser drückte, sah ich zum Greifen nah sein diesmal wieder maskenhaftes Gesicht mit diesem Blick, der nichts und alles wahrzunehmen schien.

Dieser göttliche Mann, den seine Anhänger für allwissend hielten, mußte doch wissen, daß soeben um seinetwillen ein Hund verprügelt worden war, und mir fiel jener indische Heilige ein, auf dessen Rücken sich plötzlich Striemen bildeten, als er Zeuge einer derartigen Tiermißhandlung wurde, denn durch seine Identifikation mit Atman war er das geschlagene Tier, und ich fragte mich, ob der Rücken des Avatars unter dem leuchtend roten Gewand jetzt solche Striemen aufwies oder nicht. Fast machte mich der Glauben an den Avatar, den Gita wie ein Zahlungsmittel der Liebe von mir forderte, davon abhängig. Als nun die verschiedenen Gruppen des Festzuges auftraten - solche, die vedische Mantras rezitierten oder, Reiter und Pferd imitierend, in historischen Kostümen auf Stelzen tanzten; solche, die als Götter und Heilige aufgeputzt von Camions und Ochsenkarren winkten, die mit Blumengirlanden und frommen Avatar-Sprüchen geschmückt waren -, sah ich SIE plötzlich auf der anderen Straßenseite, etwas weiter oben in der Nähe eines der Seiteneingänge des Ashrams stehen, und plötzlich überkam es mich, daß ich mit dem Ellenbogen Hans anstieß und wegen des wieder stärker anschwellenden Getöses der den Zug begleitenden Musikanten schrie:

"Sieh dort drüben die blonde Frau im roten Sari - das ist deine Fee!" Kaum hatte ich diesen Ausspruch getan, bereute ich ihn auch schon. Mich schließlich mit Hans dem Umzug anschließend, heftete ich mich an seine Fersen, weil ich fürchtete, einmal allein gelassen, würde er rasch Gita finden und sie ansprechen - als ob ich das, was ich doch selbst leichtsinnig herbeigeführt hatte, auf lange Sicht hätte verhindern können!

Auf dem Sportplatz, an dessen der Straße abgewandten Seite Tribünen errichtet worden waren, zogen die Gruppen der Musiker und Tänzer, die geschmückten Ochsenkarren und Camions am Avatar vorbei, der, während der Zug eine Weile stillstand, in seiner Ehrenloge Platz genommen hatte. Wir fanden ganz oben in der letzten Reihe auf einem schmalen Brett Platz - von Gita war nichts zu sehen, sie mußte irgendwo auf der Frauenseite sein, auch hier bestand die Ashram-Leitung auf strikter Geschlechtertrennung.

Die Menge wartete geduldig, einige Gruppen stimmten *bhajans*, Lobgesänge auf den Avatar an. Der Himmel rötete sich, Lichter flammten auf, tropische Nacht brach jäh herein, als endlich das *Kosmische Spiel* begann: Vom Urknall bis zum Auftritt des Menschen wiederholte sich die Schöpfung auf Stereo-Tonband, sieben Planeten aus Pappmaché, in denen junge Tänzer steckten, umkreisten langsam zu elektronisch versetzter Sitha-Musik eine statische Sonne und verbeugten sich schließlich vor der Loge des Avatars. Begeisterter Applaus.

Mir wurde schwindlig von der Vorstellung, daß manche der hier versammelten Menschen wirklich glaubten, der anwesende Avatar habe Zeit, Raum und Kosmos geschaffen und werde das Ende der Schöpfung überleben, um eine neue aus dem Nichts hervorzubringen. Doch als das Feuerwerk losballerte, der Avatar seine Loge verließ, um in den schon bereitstehenden Mercedes zu steigen, und auch Hans aufsprang und, ohne sich weiter um mich zu kümmern, die Tribüne hinunterstieg, machte ich mir wieder Sorgen um Gita, und ich sprang gleichfalls auf, um Hans ja nicht aus den Augen zu verlieren.

Unten auf dem langsam sich leerenden Platz hatten sich kleine Gruppen gebildet, in denen das Ereignis noch einmal besprochen wurde, und ich war froh, in einer dieser Gruppen Friedrich, den Juristen aus St. Gallen zu entdecken. Er schien Hans von früher her zu kennen, denn beide waren sofort in eine heftige Diskussion verwickelt. Hans hatte das Spektakel gar nicht gefallen. Er war empört. "Wenn der Avatar wirklich Gott ist, warum läßt er dann zu, daß in

Indien Kinder verhungern? Warum materialisiert er statt Gold nicht eine neue Reis- oder Getreideart?"

"Gerade weil der Avatar die Liebe verkörpert kann und will er das nicht tun. Dem Gesetz der Liebe muß auch er sich unterwerfen. Ohne Leid haben die Menschen keinen Antrieb, zum Göttlichen zu streben."

Hans beharrte:

"Es sind doch unschuldige Kinder, die elend leiden und sterben!"

"Vielleicht ist ihr früher Tod durch ihr Karma bestimmt. Im übrigen möchte ich fragen, wer ist verantwortlich für diese hungernden, sterbenden Kinder? Die Eltern natürlich, denn sie haben sie gezeugt."

"Dann sind diese Kinder gegen den Willen Gottes gezeugt worden? Und was soll überhaupt diese Ablehnung der Lust, der Sexualität?"

"Weil der Mensch als seelisch-geistiges Wesen sich über das Tier hinaus entwickeln sollte in einen Bereich, wo alle Körperlichkeit abfällt."

"Das setzt voraus, daß die Seele ohne Körper existieren kann. Daran glaube ich nicht."

Friedrich beugte sich zu Hans vor:

"Das sagst du, der indianische Schamanen zu seinen Lehrern rechnet!"

Unwillig, das Gespräch fortzusetzen, wandte sich Friedrich an mich und fragte, wie es mir gehe und welche Erfahrungen ich mit meinem Zimmer im Dorf machte. Während ich Friedrichs Fragen beantwortete, hatte ich plötzlich Hans aus den Augen verloren. Er war grußlos in der Dunkelheit verschwunden. Ich wollte ihm nacheilen, doch Friedrich hielt mich fest.

"Ich wollte dir etwas Wichtiges mitteilen". Er berichtete, er habe im Namen einer kleinen Gruppe Deutscher an den Avatar geschrieben und um ein Interview gebeten - er wolle mich gern dabei haben, ich solle aber nicht darüber reden, da der Avatar nur kleine Gruppen empfange. Friedrich sagte mir nicht, wer dieser Gruppe, die er zusammengestellt hatte, angehörte; ich wagte nicht, nach Gita zu fragen.

* * *

Das Interview kam an einem der nächsten Tage völlig unerwartet. Zwar hatte ich mich auf alle Fälle neben Friedrich gesetzt, aber die Reihe, in der wir saßen, zog ein ungünstiges Los, und wir mußten beim *darshan* mit der fünften oder sechsten Reihe vorlieb nehmen, ohne Aussicht, vom Avatar auch nur gesehen zu werden. Doch als dieser dann unseren Abschnitt erreichte, blieb er stehen, winkte Friedrich, der sich sofort erhob, und obwohl ich gar nicht sicher war, ob auch ich gemeint war, stand ich gleichfalls auf, ging über die freie Sandfläche in Richtung Tempel, ohne von den sonst so übereifrigen Wächtern aufgehalten zu werden. Während ich langsam über die Sandfläche ging, wunderte ich mich, daß keiner mir folgte. Wo war die deutsche Gruppe, von der Friedrich gesprochen hatte?

Verstohlen blickte ich zur Frauenseite hinüber, konnte aber Gita nicht ausfindig machen. Ich unterdrückte das Bedürfnis, ihr gleichsam blind ein Zeichen zu geben oder wenigstens zu winken, wie Friedrich es tat, dessen Frau sich auch wirklich zusammen mit einer Gruppe anderer Frauen erhob, in der aber, wie ich bedauernd feststellte, Gita fehlte. Als ich schließlich wegen meiner zögernden Gangart als Letzter vor der noch angelehnten Tür zum Interview-Raum des Tempels anlangte, blieb ich wieder, auf Gita wartend, stehen, und der alte Tempeldiener mußte mit ausholender Handbewegung mich förmlich über die Schwelle treiben, ehe er die Tür hinter mir schloß.

Als ich mich auf dem Steinboden des kleinen, quadratischen, schmucklosen Raums niederließ, war ich überrascht, außer Friedrich und seiner Frau keinen anderen deutschsprachigen Gläubigen zu finden. Unsere Gruppe bestand also aus drei Personen. Während ich noch darüber nachdachte, warum Friedrich gerade mich ausgesucht hatte, trat durch eine Seitentür der Avatar ein. Nun ging etwas Merkwürdiges in mir vor. Ich hatte viel von der Aura des Avatars gehört, von den unsichtbaren Flammen seines Astralkörpers, dessen Feld ausgedehnter und energiereicher sei als bei gewöhnlichen Menschen. Und jetzt glaubte ich diese Energien zu spüren, die wellenartig meinen Körper durchfluteten, Erregungsschauer von solcher Stärke auslösten, daß ich fürchtete, die Kontrolle über mein Bewußtsein zu verlieren.

Plötzlich hörte ich die Stimme des Avatars. Er fragte eine ganz vorn sitzende Frau, was sie sich wünsche. Sie sagte, daß sie sich wünsche, weise zu sein.

"Was ist Weisesein?" gab der Avatar an die übrigen Gläubigen weiter. Mit ihnen war ich für Sekunden geistig abwesend, in das Loch starrend, das die Frage hinterlassen hatte, als es vorn leise klirrte, klingelte. Überraschungslaute waren zu hören. Ich sah auf. Der Avatar hatte die rechte Hand erhoben: In ihrer Palme glitzerte etwas. Seine Hand senkte sich wieder, ließ, was offenbar ein Geschmeide war, in die Hand der Frau gleiten, die um die Weisheit gebeten hatte. Sie sank hin "O Swami" hauchend. Was die übrigen anging, löste sich die Überraschung bald in ungehemmte Erregung auf, die in lautes Beifallklatschen mündete.

Der Avatar lächelte. Es war das Lächeln, das man Kindern anträgt, denen man gerade ein Spielzeug geschenkt hat. Er schien vergessen zu haben, daß er die Anwesenden eben gefragt hatte, was sie unter Weisesein verstünden. Oder hatte er von vornherein keine Antwort erwartet? Als ich aus solchen Gedanken auftauchte, stand der Avatar vor der Seitentür und forderte den ersten Gläubigen zum Einzelinterview auf.

Er verschwand mit ihm im Nebenraum. Ich sah die Zurückgebliebenen wie erstarrt sitzen, und wieder bestürmten mich Energiewellen, jagten mir Schauer über den Rücken, als hätte ich eine Droge genommen. Als sich die Tür wieder öffnete, kulminierte die Erregung, aber ich hatte noch zu warten: Friedrich und seine Frau waren jetzt dran, und danach andere, so daß fast alle im Interviewraum gewesen waren, ehe der Avatar auf mich zeigte. Kurz vor der Tür hielt er mich an:

"Wo ist deine Frau?"

"Sie ist tot", antwortete ich, und der Avatar wiederholte wie ein Echo "tot-tot" als müsse er meine Aussage erst einmal verarbeiten.

Ich war überrascht. Hatte ich ihm nicht unlängst bei einem *darshan* das Foto meiner Frau hingehalten mit dem Hinweis, sie sei tot? Wenn er tatsächlich allwissend war, wie konnte er das vergessen haben?

Der Raum, den ich nun betrat, war bedeutend kleiner als der bisherige und enthielt als einziges Mobiliar drei Stühle. Der Avatar forderte mich zum Sitzen auf und trat dicht an mich heran. Erst jetzt erkannte ich, wie klein und schmal er war. Er schien geschlechtslos, ein androgyner Kindgott. Sein Gesichtsausdruck war heiter. Die Spannung wich von mir und mit ihr die Brandung der vermeintlichen Energiewellen.

Er fragte mich, was ich mir von ihm wünsche. Aber statt gleich "Gita" zu sagen, sprach ich von meinen kranken Augen, sagte ich fürchtete, blind zu werden. Der Avatar legte mir zwei Finger auf beide Augen und sagte, ich würde nicht blind werden. Erst als ich noch von dem Buch gesprochen hatte, das ich über ihn schreiben wolle - damit wollte ich ihn bestechen - kam ich mit meinem eigentlichen Wunsch heraus, daß ich ein Jahr nach dem Tod meiner Frau wieder heiraten wolle. Der Avatar nickte mit dem Kopf.

Ich hatte jetzt keine Hemmungen mehr. Ich sagte, die Frau, die ich heiraten wolle, sei hier im Ashram. Wir seien zusammen aus Europa angereist. Der Avatar nickte mit dem Kopf. Ich sagte ihm nicht, daß es da noch die Schwierigkeit gebe, daß diese Frau mich nicht heiraten wolle, daß dies Problem aber für ihn wohl nur eine Kleinigkeit sei. Ich war sicher, auch dazu hätte er mit dem Kopf genickt.

Eine grenzenlose Euphorie packte mich. Aus Dankbarkeit küßte ich dem Avatar beide Hände, obwohl mir gesagt worden war, daß ich unter keinen Umständen seine Hände berühren solle, dies würde ich nicht aushalten können.

Der Avatar gab mir ein Zeichen, aufzustehen. Das Einzelinterview war zu Ende. Benommen, aber zum Davonfliegen leicht, ging ich in den größeren Raum zurück, setzte mich auf den Boden, stürzte noch einmal vor, mich vor dem Avatar verbeugend, einen Dank murmelnd. Schon hatte man dem Nächsten die Tür geöffnet, als er sich noch einmal auf mich besann.

"Wie alt bist du?"

Die Frage traf mich wie ein Hammer. Ich antwortete. Der Avatar schien einen Augenblick lang zu überlegen. Dann machte er mit dem Kopf eine verneinende Bewegung, ganz europäisch, ohne den Kopf nach hinten zu werfen, wie es die Inder tun.

"Es ist nicht gut, in deinem Alter wieder zu heiraten."

Plötzlich geriet Bewegung in den kleinen Körper. Zuerst streckte er sich hoch, dann krümmte er sich blitzschnell zum Buckel, wobei sich der Mund für Sekunden zu einer Hundeschnauze verformte.

"Ehe heißt auf vier Beinen gehen, allein auf zwei Beinen geht man besser. Der Kanal zeigt nach oben: Man ist mit dem Avatar verheiratet."

Obwohl von der Antwort des Avatars ernüchtert wie von einer kalten Dusche, mußte ich an meinen letzten Traum denken. Hatte der Albino mich nicht aufgefordert, den Avatar zu bitten, sich zum Zeichen seiner wunderbaren Kräfte in einen Hund zu verwandeln? Ich hatte diesen Auftrag völlig vergessen und trotzdem war der Avatar dem Wunsch des Albinos nachgekommen, ohne ihm allerdings in die Falle zu gehen und, unumkehrbar für immer Hund, aus dem Tempel zu springen. Der sich pantomimisch in einen Hund verwandelnde Avatar wollte mir nur demonstrieren wie man in der Ehe auf den Hund kommt ohne auch nur ein Wort an einen tierischen Zustand zu verschwenden, der das Gegenteil keuscher Göttlichkeit war.

* * *

Kurz nach dem Interview traf ich Gita im Getränkeshop außerhalb des Ashrams und fand sie bereit mir zuzuhören. Ich sagte, der Avatar habe auf mich wie ein Kind gewirkt, dabei vergeßlich, ein wenig zerstreut.

"Der Avatar wirft jedem sein Spiegelbild zurück", sagte Gita.

"Du hast recht", sagte ich. "Ich benahm mich ihm gegenüber ebenfalls wie ein Kind. Als er mich nach meinen Wünschen fragte, habe ich dich genannt. Ich habe wirklich geglaubt, der Avatar würde dich mir zur Frau geben! So tief steckte ich in meinen Illusionen."

"Es ist ja noch nicht alles vorbei", sagte Gita.

Ich erzählte ihr, daß der Avatar nach meinem Alter gefragt und mir dann von einer Wiederverheiratung abgeraten habe. Ich berichtete auch von seiner Hundepantomime. Gita lachte.

"Aber das habe ich dir doch alles längst gesagt, Du hast ja nicht daran geglaubt, daß der Avatar Gott ist. Glaubst du wenigstens jetzt daran?"

Ohne eine Antwort abzuwarten, wechselte sie das Thema. Ein Österreicher und eine Österreicherin seien aus dem Ashram hinausgeworfen worden, weil sie sich längere Zeit miteinander unterhalten hätten.

"Worüber haben sie denn gesprochen?"

"Über Meditationspraktiken. Aber der Inder, der sie beobachtete und dann bei der Ashramleitung anzeigte, konnte kein Deutsch verstehen. Er dachte, sie sprächen über etwas anderes."

"Gita, ich finde das empörend. Wo sind wir hier? In einem Konzentrationslager?"

"Ich bin mit der Österreicherin befreundet", sagte Gita. "Trotzdem bin ich der Meinung, daß die Ashramleitung richtig handelte. Sie hielt sich genau an die Weisung des Avatars."

Sehr traurig sagte ich Gita, daß ich bald abreisen wolle. Sie schien aus allen Wolken zu fallen.

"Ich dachte wir fliegen zusammen zurück nach Deutschland. Anstatt die Sache hier bis zum Ende durchzustehen, willst du feige abhauen. Schon, daß du aus dem Ashram in ein Haus im Dorf gezogen bist, war ein Fehler."

"Gita, ich will es mir noch einmal überlegen."

Ich brauchte eine Pause zum Nachdenken. Dazu stieg ich den Hügel hinter dem Ashram hoch und setzte mich auf meinen gewohnten Platz, den flachen Stein. Die Kratzschrift "Tantra" des weißen Hundes war verwischt. Ich sah über die jetzt stumpf braungrüne Landschaft. Kurz bevor die Sonne unterging, hatten sich noch Wolken vor sie geschoben. Die Felsbrocken der Halbwüste schienen sich zu einer Spirale zu ordnen. Gräser und Dornbuschgewächse zitterten. War nicht ewige Unbeweglichkeit Schein? Das ewige Atman war mir nicht zugänglich. Ich würde niemals Gott sein können. Die höchste Gnade, vom Avatar als Einzelner empfangen zu werden, war mir zuteil geworden, aber die Erleuchtung war ausgeblieben. Dabei hatte ich minutenlang an den Avatar geglaubt, solange nämlich wie ich annahm, daß er mir Gita zuführen würde. Nur ihretwegen war ich nach Indien gekommen - nicht, um sein Anhänger zu werden. Vielleicht rechnete Gita wirklich damit, daß ich auf dem Wege dazu war - daher ihre halben Versprechungen, ihr Unwillen wegen meiner geplanten Abreise. "Es ist ja noch nicht alles vorbei." Ich hatte noch ihren Satz im Ohr. War er Ausdruck unverbindlicher Laune? Hatte sie nicht Hans aus Europa hierher kommen lassen, um ihm dann ängstlich aus dem Weg zu gehen? Ich schreckte hoch, sprang von dem flachen Stein auf. Jetzt war es mir wieder eingefallen: Ich hatte Hans verraten, daß die geheimnisvolle Fee, die ihn gleichsam als Lockvogel des Avatars zu der Reise hierher veranlaßt hatte, keine andere als Gita war. Wenn Gita von diesem Verrat erführe!

Ich mußte unbedingt Hans sprechen, ihm Schweigen auferlegen. Vielleicht war es noch nicht zu spät! Ich lief den Berg hinunter, stürzte fast in der raschen Tropendämmerung zu Boden, kurz bevor ich am Meditationsbaum den Hauptweg erreichte. Ich traf auf Max und Friedrich, die gerade von der Abendmeditation kamen. Doch sie konnten nicht sagen, wo Hans steckte. Obwohl ich keinen Hunger hatte, stellte ich mich schließlich in der Kantine zum Essen an, und aß *panir kofta*, Panirklößchen-Curry, trank dazu einen Becher Buttermilch. Es war Asketennahrung, sie schmeckte mir nicht mehr.

Als ich die Kantine verließ, stieß ich auf Gita. Ich brauchte sie nur anzusehen um zu wissen, daß sie mit Hans gesprochen hatte:
"Ich bin sauer, weil du dein Versprechen gebrochen hast."
"Gita, verzeih mir", stammelte ich, "aber ich weiß nicht, was dieses ganze Theater soll. Warum hast du Hans aufgefordert, herzukommen, wenn du ihn gar nicht sprechen willst?"
"Ich wollte ihn sprechen, aber er sollte nicht wissen, daß ich es war, die ihn eingeladen hat."
"Die von dir erträumte spontane Beziehung sollte ganz unbelastet sein?"
"Ich bin dir darüber keine Rechenschaft schuldig, Robert. Im übrigen seid ihr euch beide, wenn Hans auch wesentlich jünger ist als du, doch sehr ähnlich, verwöhnte Söhne mehr als richtige Männer. Jetzt ist Hans zum Beispiel sehr enttäuscht darüber, daß er das Interview mit dem Avatar verpaßt hat. Er kam kurz nach dir, aber der Tempeldiener hat ihn nicht mehr hineingelassen."
"Wo ist er jetzt?"
"Er liegt in der großen Halle, in die du nicht ziehen wolltest, auf seiner Matratze, will niemanden sprechen, jammert, er sei krank."
Während wir so miteinander sprachen, hatte ich Gita begleitet, ohne ihr Ziel zu kennen. Plötzlich standen wir vor dem Haus, in dem die

Abendvorträge stattfanden. Auf der Ankündigungstafel hatte ich gelesen, daß heute Dr. Druck an der Reihe war. Viel Lust, diesen Enthaltsamkeitsapostel zu hören hatte ich nicht, aber ich war jetzt einfach nicht fähig, mich von Gita zu verabschieden, obwohl wir wegen der auch hier vorgeschriebenen Geschlechtertrennung durch verschiedene Eingänge gehen und in dem völlig weiß getünchten Raum, den nur ein bekränztes Bildnis des Avatars schmückte, auf verschiedenen Seiten sitzen mußten. Ich hockte im Schneidersitz auf dem Steinfußboden unweit von Knut, Max und Friedrich, die alle drei in einer tiefen Meditation versunken waren. Endlich erschien Dr. Druck in der Tür, sank vor dem Bild des Avatars kurz in die Knie, setzte sich auf den einzigen Stuhl im Raum und begann, mit seiner hellen Tenorstimme die von ihm selbst komponierte und getextete Hymne auf den Avatar zu singen, um dann übergangslos mit seinen Belehrungen anzufangen.

Während er davon sprach, daß die Handlungen des Avatars nicht durch Karma gebunden seien, daß er, wo wir uns auch aufhielten, in uns sei und so auch während seiner Abwesenheit in uns Wunder tun könne, sah ich zu Gita hinüber: Das Altägyptische ihres Kopfes, das lange, über die linke Achsel fallende, fast goldene Haar nahm ich mit fast abwesendem Blick wahr. In dieser vom Weihrauch der Unterwerfung unter ein göttliches Wesen gesättigten Atmosphäre verwandelte sich Gita für mich ebenfalls in eine überirdische Erscheinung, die meinen durch lange Enthaltsamkeit gestärkten und nicht etwa sublimierten Begierden auf quälende Weise enthoben war. Im Bereich des Avatars kamen mir, obwohl ich doch an der Göttlichkeit des Avatars zweifelte, Geschlechtliches verwerflich vor, und statt der Liebe, die hier doch in jedem Herzen entflammen sollte, spürte ich eine quälende Spannung, die selbst dann nicht nachließ, wenn ich mich nachts in meinem Zimmer außerhalb des Ashrams ausstreckte, wo ich meinen Drang, wenn ich ihm auch nicht nachgab, einem milderen Urteil unterwarf. Was von den spirituellen Kräften des Avatars nach dem enttäuschenden Interview noch übrig geblieben war, schwand jetzt angesichts einer sich weiter und weiter von mir entfernenden Gita, und während ich meinen so getrübten Blick dennoch von ihr nicht lassen konnte, fragte ich mich, ob der Vortragende, der vorn auf seinem Stuhl über die alle Naturgesetze außer Kraft setzenden Wundertaten des Avatars sprach, und dabei auch berichtete, wie er anläßlich eines solchen Wunders seine Konversion erlebt hatte, die den einstigen Sinnessklaven auf den schmalen, steinigen aber doch lohnenden Weg zum Gottmenschentum brachte, fragte ich mich also, ob Dr. Druck das Abirren meiner Gedanken erriet.

Und er hatte es erraten und wußte auch genau die Richtung: Als ich ihm nach dem Vortrag unter vier Augen die Frage stellte, wie es denn mit der Allwissenheit und Allgegenwärtigkeit des Avatars zu vereinbaren sei, daß er bei meinem heutigen Interview nach meiner Frau gefragt hatte, obwohl ich ihn wenige Tage zuvor von ihrem Tod in Kenntnis gesetzt hätte, antwortete Dr. Druck, ich wisse doch von der Gewohnheit des Avatars, sich in Symbolen auszudrücken. Er habe also nicht nach meiner leibhaftigen Frau sondern nach meinem *detachment*, meinem Freisein von Bindungen an andere Personen gesprochen, und wie es damit bei mir bestellt sei, wisse ich ja wohl selbst. Während Dr. Druck sprach, war Gita, ohne mir auch einen Blick zu gönnen, vorbei und zur Tür hinaus gegangen, so daß ich, während Dr. Druck indirekt von meinem *detachment*, meiner Abhängigkeit von Personen sprach, diese als Schmerz auch wirklich spürte - davon frei zu kommen, war ich nicht einmal versuchsweise bereit.

* * *

Meinen Schmerz hätschelnd, als wäre er nicht die Schlange, die an meinem Herzen fraß, machte ich mich durch die Dunkelheit auf den Weg zur großen Lagerhalle, wo auch ich nach dem Auszug aus dem Appartement untergekommen wäre, hätte ich es nicht vorgezogen, mich im Dorf einzumieten. Da bald die verordnete Nachtruhe begann, waren die an den Wänden sich reihenden Lagerstätten schon mit schnarchenden, sich wälzenden oder hockend vor sich hin meditierenden Männern besetzt. Hans, der sich unter seinem Moskitonetz auch schon zur Seite gerollt hatte, erkannte ich an dem Ärmel seines gelbseidenen Hemdes.

Ich zupfte an ihm, ein wenig das Moskitonetz lüftend. Er setzte sich sofort auf und blickte etwas wirr um sich, schien aber gefaßter zu

61

werden, als er mich erblickte. Er sagte mir, daß er sich wegen einer unerklärlichen Krankheit noch elend fühle, aber gleich eine Verabredung im Dorf habe, die er aus bestimmten Gründen nicht versäumen wolle. Während er sich für den Ausgang fertig machte, lud er mich mit keinem Wort ein, ihn zu begleiten, schickte mich aber auch nicht fort, als ich es trotzdem tat.

Wir gingen auf der jetzt gänzlich dunklen Ashramstraße dem Ausgang zu. Ein paar wilde Hunde hatten sich bis hierher vorgewagt und huschten wie Schatten vorbei. Plötzlich mußte ich an den Albinohund, an den Traum, an das Wort "Tantra" denken, das auf dem Hügel hinter dem Ashram nahe bei meinem flachen Meditationsstein geschrieben war, wagte aber nicht, mit Hans darüber zu sprechen. Und da ich ihn auch nach seiner ersten Begegnung mit Gita nicht fragen mochte, gingen wir stumm nebeneinander her, schlecht gelaunt beide - er, wie ich vermutete, wegen des verpaßten Interviews mit dem Avatar -, ich, weil ich plötzlich den Preis für Tantra, den Verrat von Gitas Geheimnis, zu hoch fand, wenn ich mir auch einzureden versuchte, daß das Buch, das ich über den Avatar und Gita schreiben wollte, eigentlich einen viel größeren Verrat darstellte. Nachdem wir das Ashramtor passiert hatten - wie froh war ich, daß ich es diese Nacht nicht wieder in umgekehrter Richtung durchschreiten mußte, sondern mich in mein Zimmer im Dorf zurückziehen konnte zu welcher Zeit ich auch immer wollte - folgte ich Hans, der immer noch stumm war und mir keinerlei Beachtung schenkte, den Weg durchs Dorf. Die zahlreichen Verkaufsbuden, die tagsüber lärmend Devotionalien des Avatars anboten, waren zu dieser Zeit schon geschlossen oder schlossen gerade. Hans machte schließlich vor einer Art Bretterverschlag gegenüber der Ashram-eigenen Bank halt, aus dem der Schein einer Karbidlampe drang. Diese Garküche - um eine solche handelte es sich - war mir bei meinen Bankbesuchen immer so unappetitlich, wenn nicht gar dreckig vorgekommen, daß es mir nie eingefallen wäre, dort eine Mahlzeit einzunehmen oder Ingwertee zu trinken, geschweige denn, daß ich Gita dazu aufgefordert hätte, sich mit mir dort zu treffen.

"Dies ist das Stammlokal von Nanda, dem interessantesten Mann im Ashram", sagte Hans plötzlich und sah an mir vorbei, als wäre es ihm immer noch nicht ganz recht, daß ich ihn begleitet hatte. Er hakte die Tür des Verschlags auf und ließ mir den Vortritt.

Als einzigen Gast sah ich am kahlen Holztisch vor einem Becher Tee und zwei *chapati* einen großen blonden Mann im weißen, durch die Beine geschlungenen *dhoti* sitzen, dessen Gesicht eher an einen norwegischen Fischer als an einen asketischen Yogi denken ließ. Ich erinnerte mich, diesen Mann schon einmal gesehen zu haben: Bei einem *darshan* hatte er ganz hinten an der Mauer gesessen, als wäre ihm der physische Kontakt mit dem Avatar, auf den alle Gläubigen hier so großen Wert legten, völlig gleichgültig. Als er uns eintreten sah, grüßte Nanda freundlich mit erhobener rechter Hand, während er mit der Linken gleichzeitig spielerisch nach einem sechs- oder siebenjährigen Mädchen griff, offenbar einer Tochter des Wirts, der am Herd stand und *chapati* wendete.

Wir setzten uns alle. Aus dem Gespräch, das sich nun zwischen Hans und Nanda entspann, erfuhr ich, daß dieser Deutsche, der sich den indischen Namen eines Tölpels aus Thomas Manns Legende "Die vertauschten Köpfe" zugelegt hatte, hier schon jahrelang im eigenen Haus lebte (eigentlich nur ein Schafsstall, ergänzte er), zum *darshan* und zu den *bhajans*, den gemeinsamen Meditationen, nur gelegentlich ging.

Als Hans, immer noch recht unglücklich, von seinem verpaßten Interview berichtete, meinte Nanda nur lachend, daß er erst nach einem Jahr Aufenthalt im Ashram den Avatar unter vier Augen gesprochen habe, und dabei sei es damals leichter gewesen ein Interview mit ihm zu bekommen als heute. Ihm sei das nicht so wichtig gewesen, denn der Avatar und er hätten von Anfang an einen so intensiven spirituellen Kontakt, daß alles Äußerliche unwichtig gewesen sei. Jetzt sei er so weit, daß er den Avatar eigentlich nicht mehr zu sehen brauche. Es genüge ihm, im weiteren Umkreis seiner Aura zu leben. Als nun Hans darauf bestand, von Nanda einen Rat zu erhalten, wie er morgen, also noch vor seiner Abreise nach Madras, doch noch zu einem Interview kommen könne - er müsse es haben, es sei entscheidend, lebensentscheidend für ihn, wußte Nanda auch nur den Rat zu geben, beim *darshan* einfach aufzustehen und den Avatar darum zu bitten. Daß Hans schon in zwei Tagen nach Madras fliegen wollte, elektrisierte mich. Plötzlich schaltete ich mich ungefragt in das Gespräch ein und sagte, daß auch ich übermorgen nach Madras wolle, ohne jedoch als Anziehungspunkt den Tantra-Meister zu erwähnen, den Hans wie ich wußte dort kannte. Nanda zog daraufhin einen Zettel aus seinem Beutel und sagte, das treffe sich gut für uns, denn übermorgen halte Jiddu Krishnamurti in Madras den letzten seiner *talks* ab, den wir keinesfalls versäumen sollten. Krishnamurti habe zwar bereits Ende der zwanziger Jahre die ihm von der Theosophischen Gesellschaft zugedachte Rolle als neuer Messias mit dem Hinweis abgelehnt, daß die Wahrheit ein Land ohne Pfade sei, aber die Lehre dieses Gegners aller Gurus und Avatare, aller Riten und Kulte, stimme doch im Kern mit der Vedanta überein.

Auf meine überraschte Frage, wie er, ein Anhänger des Avatars, dazu komme, uns einen Meister zu empfehlen, der nichts von Gott, geschweige denn von Ashrams wissen wolle, antwortete Nanda, er sehe da keinen wesentlichen Unterschied. Der Avatar sei eben der Ansicht, Menschen mit unterentwickelter Spiritualität, die noch an materiellen Erscheinungen hingen, brauchten einfach Gott in menschlicher Form, Wunder als Beweis seiner Göttlichkeit, strenge Gebote aus seinem Mund, die ihnen Entscheidungen erleichterten. Sobald stufenweise Erleuchtung eintrete, fielen solche Äußerlichkeiten von selbst weg. Alles sei nützlich, wenn es den Menschen helfe, von ihren Begierden loszukommen.

So berührte Nanda ohne es zu wissen meinen wunden Punkt - oder hatte auch er schon von meiner Liebe zu Gita erfahren? Jedenfalls blickte er mich plötzlich strahlend an, und unwillkürlich mußte ich an den leeren, ja gequälten Gesichtsausdruck vieler anderer Männer im Ashram denken, denen der geforderte Verzicht eher ein Joch als das Sprungbrett zum Unendlichen war. Ich hätte Nanda gern nach Einzelheiten seiner Entwicklung zu innerer Freiheit gefragt, aber inzwischen hatte Hans wieder das Gespräch an sich gezogen, indem er auf einen gewissen Dr. Avid zu sprechen kam, den er während eines Amerikaaufenthaltes in Los Angeles auf einem *rebirthing*-Kurs kennengelernt hatte und den er in Madras wieder zu sehen hoffte.

Hans bezeichnete Dr. Avid als Yogalehrer; der amerikanisierte Inder habe den Wunsch, hier im Land seiner Väter die altindische ayurvedische Medizin zu studieren, denn in Madras gebe es noch Ärzte, die diese Heilkunst beherrschten.

Hans verschwieg Nanda also den Tantra-Meister, wie ich zuvor. Nanda andererseits schien sich für diesen Dr. Avid von dem er noch nie gehört hatte, nicht sonderlich zu interessieren, erwähnte nur, als er bereits den Wirt bezahlte, daß er im Frühjahr nach Kerela zu einem Guru aufbrechen wolle, der dabei sei, einen Ashram mitten im Urwald zu gründen. Da gebe es noch wilde Tiere und da noch kein Baum gefällt sei, könne er sein Ziel inmitten weglosen Gestrüpps möglicherweise verfehlen - aber gerade das locke ihn.

Am anderen Morgen beim *darshan* direkt neben Hans sitzend, konnte ich beobachten, wie er Nandas Rat wortwörtlich befolgte, auf Knien vorwärts rutschend um ein Interview bettelte, vom Avatar, der nicht einen Augenblick sein Vorbeischreiten unterbrach, keines Blicks gewürdigt wurde, dann gleichsam in sich zusammensackte. Aber auch mich hatte der Avatar nicht beachtet, so daß ich mein Vorhaben, ihm, wie es üblich war, meine bevorstehende Abreise mitzuteilen, fallen ließ. Als ich nach dem *darshan* von ihrer Freundin Mona hörte, daß Gita gleich mit dem nächsten Bus in die nächste Stadt fahren wollte, um ihr Visum zu verlängern und wegen der schlechten Verbindung erst am nächsten Tag wiederkommen wolle, geriet ich vollends aus dem Gleichgewicht: Wegen meiner Abreise nach Madras würde ich sie nicht wiedersehen.

Schwitzend und keuchend auf dem Busbahnhof angekommen freute ich mich doch, ihr Gesicht hinter einem Busfenster zu entdecken. Rasch kaufte ich Apfelsinen und Bananen und reichte ihr das Bündel hoch. Ein dankbarer warmer Blick war das letzte, was ich von ihr in Erinnerung behielt. Was mich jedoch schmerzte war, daß ihr die Trennung nichts auszumachen schien. In meinem Dorfzimmer warf ich mich erschöpft auf meine Matratze, blieb bis zur Dämmerung so liegen, bis ich Schritte auf dem Außenumgang hörte und dann im Gitterfenster das Gesicht des ältesten Wirtssohnes sah. Er hatte erfahren, daß ich abreisen wollte. Ich schenkte ihm Matratze, Moskitonetz und alles übrige, was ich entbehren konnte.

* * *

Die Krähen in den schirmartigen Wipfeln der Banyanbäume des
Krishnamurti-Foundation-Parks, auf den sich die rasche Dämmerung
senkte, kreischten, als die kleine, zierliche Gestalt des Meisters, der
keiner sein wollte, durch das Halbrund der teils auf Stühlen sitzenden,
teils auf dem Boden hockenden Anhänger nach oben zum flachen,
schmucklosen Podium schritt, auf dem er in Meditationshaltung Platz
nahm.

Ohne Einleitung sprach er von den Krähen: Wer ihrem Kreischen mit
der gleichen Aufmerksamkeit lausche wie seiner Rede, der allein
beherrsche die Kunst des Lauschens, eine Kunst, die wir auch üben
sollten, wenn andere Stimmen sprächen, die Stimmen unserer
Anverwandten, die Stimmen in uns, die unser Begehren, unseren Haß,
unsere Eifersucht, unsere Verletztheit, unsere Angst, unsere Sucht
nach Vergnügungen ausdrückten. Wir sollten all diesen Stimmen
zuhören ohne Voreingenommenheit, ohne sie abzulehnen oder ihnen
zuzustimmen. Allein durch diese unbeteiligte, unbeirrbare
Aufmerksamkeit befreiten wir unser Gehirn von den
Programmierungen, wie sie Gesellschaft, Staat und Religion zu schaffen wüßten, wodurch unheilvolle Bindungen aller Art zustande
kämen, und würden frei für Liebe, für selbstlose Hingabe, frei
dadurch auch von der Angst vor dem Tod.

Ich saß mit Hans in der Nähe unseres Gepäcks, das wir, vom
Flugplatz von Madras mit dem Taxi hergekommen, noch in keinem
Hotel hatten abgeben können. Ich war müde von der Reise, der fünf-
stündigen Taxifahrt nach Bangalore, vom Flug, müde von den endlosen
Auslassungen von Hans, und so sehr ich mich auch zum Lauschen
zwang, meine Gedanken schweiften ab: Ich dachte an Gita, an das
Lächeln in ihrem Gesicht, an ihren letzten Blick, dessen Wärme wie
der Rest eines Versprechens war und ertappte mich bei diesen
Gedanken an sie und mir fiel ein, daß diese Gedanken Ausdruck jener
Bindung waren, von der Krishnamurti gerade gesprochen hatte. Aber
wie sollte ich davon loskommen, wie mein Bild von Gita im Hirn
weder auslöschen noch als Eigentum begehren, wie sollte ich meine
Gefühle für sie einer teilnahmslosen Betrachtung unterziehen bis das

Bild, das ich von ihr hatte, als Scheinbild zerging? Sollte ich mich auf das Vergehen der Zeit verlassen, um den Knoten zu lösen?

Als ich aus dem Gedankenfluß wieder auftauchte, hörte ich Krishnamurti über den Tod sprechen. Wir sähen deshalb in ihm den Gegensatz zum Leben, weil er unbarmherzig unsere Bindungen zerreiße. Aber wenn wir, was wir unter Leben verständen, einer genaueren Betrachtung unterzögen, habe das nichts als Büroarbeit, geschlechtliches Reagieren, Ehekrach, Sorge, Angst und einige wenige glückliche Augenblicke zum Inhalt, alles Ausdruck unserer Programmierungen, Bindungen also. Wirkliches Leben aber sei dadurch frei davon, daß es den Tod, die Annullierung aller Bindungen in sich aufgenommen habe. Solch ein Leben sei Liebe - denn Liebe könne man nicht haben wie ein Ding, sie sei nicht an Gehirne gebunden, sei unsterblich.

Während Krishnamurti sprach, tickte auch ein mechanischer Wecker durch den Lautsprecher, der der Einhaltung der Redezeit diente. Mir wurde das Ticken erst bewußt als es aussetzte, worauf auch Krishnamurti jäh zu reden aufhörte, sich etwas mühsam vom Podium erhob (er war schließlich fast neunzig) und langsam durch die ihn umdrängende Menschenmenge schritt, mit freundlichem Kopfnicken, Hände schüttelnd, ohne daß etwa ein Ordner dem gebrechlichen kleinen Mann den Weg freigemacht hätte - was für ein Gegensatz zum Avatar!

In dem Gewühl hatte ich Hans aus den Augen verloren, und während ich vergeblich nach ihm Ausschau hielt, merkte ich, daß eine leichte Panik von mir Besitz ergriff - ganz gegen meinen Willen, denn eben noch hatte ich in mir einen tiefen Frieden verspürt. Ich versuchte dieser Panik durch konzentrierte Beobachtung Herr zu werden, doch die Panik ließ sich von meinem beobachtenden Blick nicht beeinflussen, das beobachtende Ich stand einsam in der Brandung der Panik, die langsam sein Fundament unterwühlte. Warum machte ich mich abhängig von Hans? Fürchtete ich mich, ohne seine Hilfe in der brodelnden Riesenstadt nicht zurecht zu kommen?

Plötzlich fielen mir unsere Gepäckstücke ein. Ich fand schließlich meine und die von Hans vollständig und unversehrt wieder und war mit einem Mal ganz ruhig. Meine unbegründete Panik hatte sich in nichts aufgelöst. Dennoch empfand ich so etwas wie eine Niederlage, die mich weit von den Lehren Krishnamurtis zu entfernen schien - sie zu realisieren, fühlte ich, würde ich nie imstande sein.

Allmählich leerte sich der Park, und plötzlich sah ich Hans zusammen mit einem untersetzten, feistgesichtigen, braunhäutigen Herrn in weiter weißer Hose und Jacke auf mich zu kommen. Hans stellte vor: "Das ist Robert, ein Anhänger des Avatars - das ist Dr. Avid aus Los Angeles."
Es ärgerte mich etwas, daß mich Hans im Park der Krishnamurti-Foundation als Anhänger des Avatars vorgestellt hatte - kannte er doch das Motiv, das mich in den Ashram geführt hatte, aber für Dr. Avid schien meine vorgebliche Anhängerschaft eine gute Empfehlung zu sein, denn er schüttelte mir herzlich die Hand, sagte, daß auch er vorhabe, dem Avatar einen Besuch abzustatten, ihm womöglich bei dieser Gelegenheit ein kostbares Geschenk zu überreichen.
Bei der letzten Bemerkung stutzte ich, denn ich wußte, daß es ganz unüblich war, dem Avatar materielle Geschenke zu machen, nur Geldgeschenke für seine gemeinnützigen Stiftungen waren erlaubt.
Dr. Avid schlug vor, ein in der Nähe der Adyarbrücke befindliches, gutes vegetarisches Restaurant aufzusuchen. Danach würde er uns bei der Quartiersuche behilflich sein. Wir winkten eine Motor-Rikscha herbei.
Im Restaurant brillierte Dr. Avid als Virtuose in der Zusammenstellung vegetarischer Delikatessen. Die Liste der kleinen Schälchen, die er zum Reis bestellte, wurde länger und länger, unentwegt winkte er den Kellner herbei. Mir brannte der Mund wegen der scharf gewürzten Speisen, so daß ich eine Limonade nach der anderen bestellen mußte - vor dem Mineralwasser war ich gewarnt worden, weil es nur mit Kohlensäure versetztes Leitungswasser sei - aber die übersüße Limonade machte mich noch durstiger.
Als schließlich die Rechnung kam, zeigte es sich, daß sich Dr. Avid keineswegs als unser Gastgeber auffaßte und die Begleichung der Rechnung uns zu gleichen Teilen überließ, wobei er, gleichsam um seinen guten Willen zu zeigen, seinerseits ein paar Rupienscheine, die kaum als Trinkgeld ausreichten, auf den Geldhaufen warf.

Erst als wir nach dem Essen vor dem Restaurant standen, bemerkte Hans wie nebenbei, daß ich mich für Tantra interessiere. Dr. Avid legte daraufhin die rechte Hand auf meine Schulter, eine vertrauliche Geste, die mir wegen der Kürze unserer Bekanntschaft unangemessen erschien. Er sagte lächelnd, er habe das Gefühl, Tantra würde mir gut tun. Er empfahl uns noch ein Hotel in der Nähe der Adyar-Brücke und gab seine Hausnummer im Wohnbezirk der theosophischen Gesellschaft an. Wir könnten ihn jederzeit besuchen, vielleicht heute abend schon, wenn wir ein Hotel gefunden hätten.

Hans schlug vor, wir sollten uns zuerst das von Dr. Avid empfohlene Hotel ansehen, aber ich hatte in meinem Reiseführer schon ein anderes angekreuzt, das als das billigste und komfortabelste von ganz Madras angepriesen wurde. Es lag im Zentrum und nach einigem Hin und Her gab Hans schließlich nach. Doch kein Scooter zeigte sich weit und breit. Schließlich gelang es uns, eine Rikscha herbei zu winken. Hans fand den Endpreis, den der Fahrer nannte, zu hoch. Ich gab zu bedenken, daß kein anderer in der Nähe war und fügte hinzu, daß ich keine Lust hätte mein Gepäck vor den neugierig heran drängenden Tamilen zu verteidigen.

Hans gab ein zweites Mal nach. Doch als wir nach etwa einer dreiviertel Stunde Irrfahrt - der Fahrer kannte die Straße nicht und stieg mehrfach ab, um Kollegen zu fragen - endlich das von meinem Reiseführer gepriesene Hotel erreicht hatten und die Auskunft erhielten, daß es nicht nur besetzt, sondern auf Monate ausgebucht war, platzte Hans der Kragen und er schrie:

"Hätte ich doch nicht auf dich gehört und wäre zum Hotel an der Adyar-Brücke gefahren, dann hätten wir uns noch mit Dr. Avid treffen können. Jetzt ist der ganze Abend verdorben, und er hätte doch noch so interessant werden können!"

Inzwischen war es stockdunkel geworden, aber die Hitze in den engen Gassen hatte kaum nachgelassen. Es hatte keinen Zweck, weiter im Reiseführer zu blättern, um als Ziel ein anderes Hotel zu nennen. Wir waren auf unseren Fahrer angewiesen. Er fuhr uns durch unbeleuchtete Gassen zu einem Hotel seiner Wahl. Diesmal sprang Hans allein ab, während ich, so gut ich konnte, die Gepäckstücke festhielt.

Als Hans nach kurzer Zeit kopfschüttelnd zurückkam - er fand das Hotel zu schmutzig - hatte ich verständlicherweise Mühe, ihn zu überzeugen, nicht zur Adyar-Brücke zurück zu fahren, und es mit dem von Dr. Avid empfohlenen Hotel zu versuchen, sondern einem weiteren Vorschlag unseres Fahrers zu folgen, der jetzt ein Hotel nannte, das zwar etwas weiter entfernt, doch dafür sauber sei. Der Stadtteil, durch den wir jetzt fuhren, schien wie ausgestorben - vielleicht hatten Kleinbetriebe hier ihre Niederlassungen. Die Rikscha hielt schließlich vor dem einzigen beleuchteten Haus einer sonst vollkommen dunklen Straße.

Diesmal sprang ich vom Fahrzeug, um mir Zimmer anzusehen. Nach längerem Klopfen öffnete ein Inder, der mit anderen Hoteldienern im Vorraum geschlafen hatte, und führte mich in einen, wie mir schien, sauberen Raum, allerdings ohne Toilette und Duschzelle. Die seien am Innenhof zu finden, erläuterte der Mann. Ich kehrte zur Rikscha zurück. Aber Hans schenkte meiner beschwörenden Rede, für eine provisorische Nacht sei das Zimmer gut genug, keinen Glauben und stieg ab, um es selbst in Augenschein zu nehmen. Nach kurzer Zeit kam er mit verschlossenem Gesicht zurück.

"In dieses Loch ziehe ich nicht ein", erklärte er kategorisch.

Wir fingen an, uns zu streiten. Schließlich erklärte ich ebenso kategorisch, ich bliebe hier, er könne ja mit der Rikscha weiter fahren und sich noch etwas anderes suchen. Daraufhin bat Hans den Rikschafahrer um die Rechnung, und der nannte einen unverschämt hohen Preis. Aber da wir nur den Preis bis zu dem ausgebuchten Hotel unserer Wahl ausgemacht hatten, blieb uns nichts anderes übrig als zu zahlen.

Hans riß jetzt mit finsterem Gesicht sein Gepäck vom Fahrzeug und ging, ohne mich eines weiteren Wortes oder Blickes zu würdigen, auf den Hoteleingang zu. Ich folgte ihm mit meinen schweren Taschen, stieg im Vorraum über schlafende Hotelburschen. Auch in unserem Hotelzimmer schwieg Hans, während er sein Moskitonetz anbrachte, half mir nicht, als ich wie immer Schwierigkeiten hatte, das meine anzubringen, machte das Licht aus, obwohl ich mit meinen Schlafvorbereitungen noch nicht fertig war, fluchte nur einmal, als ich mein unter dem Wind des Deckenventilators reißendes Moskitonetz wieder befestigen wollte.

Am anderen Morgen - sein Groll gegen mich schien verflogen - erklärte er, er habe genug von Madras, er wolle nach Bangalore zurückfliegen, im Ashram des Avatars hoffe er von dem lebenden Gott doch noch ein Interview zu bekommen.

Nach der Abreise von Hans zog ich in einen an diesem Tage frei gewordenen pavillonartigen Anbau unseres Hotels um. Ich konnte ihn direkt von der Straße aus betreten ohne durch einen Vorraum zu müssen, was den Nachteil hatte, daß dieser luftige Raum trotz seiner vergitterten Fenster nicht gerade einbruchssicher war. Auch war er nur bis zu einem bestimmten Termin frei, und so kam mir die Einladung von Dr. Avid sehr entgegen, doch bis zur Auffindung einer neuen Unterkunft sein Zimmer im Wohntrakt der Theosophischen Gesellschaft an der Adyar-Brücke mit ihm zu teilen, sofern mir eine Holztruhe als Lager genüge. Eine derartige Unbequemlichkeit nahm ich gern in Kauf, zumal ich annahm, daß die Nähe zu Dr. Avid das tantrische Ritual begünstigen würde, das der Meister mir in Aussicht gestellt hatte.

Dr. Avid war nach eigenen Angaben nach Madras gekommen, um die altindische ayurvedische Medizin zu studieren, und so suchte er alle möglichen Autoritäten auf diesem Gebiet auf. Was mich betraf, so wollte er mich mit der ayurvedischen Massage bekanntmachen. Auch ließ er durchblicken, daß in einem der in Frage kommenden Salons Frauen arbeiteten, die für ein tantrisches Ritual in Frage kämen.

Am nächsten Tag suchten wir zuerst einen ayurvedischen Arzt in seiner Praxis auf, und als wir diesen nicht antrafen, den *Ayurvedic Massage Parlour* an der Poonamallee High Road. Wir nahmen in einer Art Warteraum als einzige Gäste Platz. Die Masseurinnen arbeiteten in drei oder vier nebeneinander liegenden Kabinen mit Wachstuchvorhängen. Dr. Avid riet mir zur Frau in der ersten Kabine, mit der er anscheinend bekannt war, denn später versuchte er auch, sie für den tantrischen Ritus zu interessieren.

Die Behandlung bestand aus einer Muskelerwärmung mit Hilfe von Heublumenpackungen und einer anschließenden, durch reichliche Verwendung von Pflanzenöl unterstützte Ganzkörper-Massage, die keinen Körperteil ausschloß. Obwohl von der etwa fünfzigjährigen bäuerlich wirkenden Frau keinerlei Reiz ausging, kam das nach meiner langen Enthaltsamkeit einer Erlösung gleich, und Dr. Avid, der, geduldig im Warteraum ausharrend, alles mitbekommen hatte, gratulierte mir ungefragt mit der Bemerkung, bei meiner hochgradigen Verkrampfung sei es dafür ja höchste Zeit gewesen.

Wofür sagte er nicht. Ich war peinlich berührt, er war mit dieser Bemerkung in einen intimen Bereich vorgedrungen, den ich sonst sorgfältig vor anderen verschloß. Eine Schranke war gefallen. Andererseits mußte ich zugeben, daß ich ihn mit meinem Interesse für Tantra-Rituale bereits zu diesem Verhalten eingeladen hatte. Ja, einige Einzelheiten seines Benehmens zeigten mir an, daß er jede Achtung vor mir verloren hatte.

* * *

Er winkte eine Motor-Rikscha herbei und wir fuhren ins Stadtzentrum zur Mount Road, wo ich in einer großen Buchhandlung Bücher kaufte, die mir die Geheimnisse des mir bevorstehenden Rituals erschließen sollten: "Principles of Tantra" von Sir John Woodroffe und ein kleineres populäreres Buch über den gleichen Gegenstand jedoch mit entsprechenden Illustrationen, das Dr. Avid gleich in Besitz nahm und mir später mit dem Argument nicht wiedergeben wollte, so etwas könne ich mir ja in jeder Bahnhofsbuchhandlung wiederkaufen. Anschließend gingen wir in einem billigen, doch europäischen Geschmack berücksichtigenden Restaurant essen. Dr. Avid, der anfangs behauptete, er habe keinen Hunger und sei nur meinetwegen in das Restaurant mitgegangen, begann nichtsdestoweniger, nachdem aufgetragen war, von meinem Teller unaufgefordert mitzuessen und ließ sich erst nach meiner dringlichen Aufforderung einen eigenen Teller geben.

Er aß die Hälfte meiner Portion, so daß ich nachbestellen mußte. Danach lud ich ihn törichterweise zu einem Kinobesuch ein - gerade weil alle Inder so verrückt danach waren, hatte der Avatar ihn wohl seinen Anhängern streng verboten. Mehrere Kinos waren schon am frühen Nachmittag ausverkauft. Schließlich konnten wir Karten für einen Honkong-Streifen erstehen. Bis zum Beginn des Films hatten wir noch eine Stunde Zeit. Ich ging mit Dr. Avid zu einer Getränke-Verkaufsstelle. Als mir dort die letzte verfügbare Cola zugereicht wurde, versuchte Dr. Avid sie mir aus der Hand zu reißen und schrie: "Gib mir die Cola, nimm dafür eine Orangenlimonade!"

Ich aber hatte die Cola fest im Griff und sagte ruhig:

"Ich brauche die Cola, weil ich Durchfall habe", und bezahlte.

Daraufhin ging Dr. Avid wütend weg. Kurz darauf überlegte er es sich wieder anders, kam zurück und fragte mich freundlich, als wäre nichts geschehen, nach einer Toilette. Wir bezogen Plätze im oberen Rang des Kinos. Und das war auch gut so: Während der ziemlich brutalen Kampfszenen des Honkongfilms hielt es die Zuschauer des ausverkauften Parterres nicht auf ihren Plätzen: Sie sprangen auf und tobten. Einige kämpften miteinander, wenn auch nur spielend. Der ganze Raum glich einem Hexenkessel. Die Geschehnisse vor und auf der Leinwand schienen sich immer mehr anzugleichen.

Dr. Avid schien dies sehr zu amüsieren: Er sprang gleichfalls auf und feuerte die unter ihm kämpfenden Jugendlichen an. Als ich aber nach dem Kinobesuch an der Bushaltestelle fragte, ob der hier haltende Bus direkt zur Adyar-Brücke fahre, bekam Dr. Avid, angesichts meiner in seinen Augen überflüssigen dummen Frage wieder einen Wutanfall und beschimpfte mich mit amerikanischen Slang-Ausdrücken.

Am frühen nächsten Morgen schickte er mich in befehlendem Ton, als sei ich fortan sein Sklave, mit seinem schmutzigen Unterzeug zur Wäscherei, die zur Theosophischen Gesellschaft gehörte.

Ohne Verdacht fügte ich mich, denn auch ich hatte Wäsche abzugeben. Er ergänzte seinen Befehl dahin, daß ich danach nicht zurück zu seiner Wohnung, sondern gleich zum *vegetable shop* gehen solle. Da ich vergessen hatte, wo sich dieser befand, schlug ich Dr. Avid als Treffpunkt die nahe Zweigstelle der *Bank of India* vor, wo ich fragen wollte, ob mein Geld aus Deutschland schon da sei (er hatte für mich das Telegramm an die Bank aufgegeben). Dr. Avid ging auf diesen Vorschlag ein. Ich erschien vor der *Bank of India*, aber mit meiner Wäsche bepackt.

"Du Idiot", schrie Dr. Avid wieder, "was sollen wir mit deiner Wäsche in der Stadt?"

Also zurück zur Wohnung Dr. Avids, um die Wäsche loszuwerden. Anstatt mir dafür einfach seinen Schlüssel zu geben, begleitete er mich.

Das hätte mich stutzig machen sollen. Denn als ich, bevor ich noch den Schrank öffnete, um meinen Geldgürtel zu holen, Dr. Avid bat, mir 50 Dollar zu wechseln, weigerte er sich mit der Ausflucht, daß sein Tauschkurs wenig vorteilhaft sei, wie ich ihm noch kürzlich zu verstehen gegeben habe und geriet wieder in Rage. Dennoch öffnete ich den Schrank. Vielleicht hatte in der Innenstadt noch eine Wechselstube offen. Da entdeckte ich, daß mein Geldgürtel fort war, den ich am Tag zuvor dort verwahrt hatte. Die Hitze hatte mich zu diesem Leichtsinn veranlaßt. Dr. Avid verdrehte die Augen, schlug die Hände über dem Kopf zusammen und rief:

"Mein Gott, jetzt fühle ich mich in diesem Raum auch nicht mehr sicher!"

Und um das zu beweisen, wühlte er theatralisch in seinen Sachen, eine Aufführung, die offensichtlich für mich bestimmt war. Doch dieser durchsichtige Versuch, seine Unschuld zu beweisen, kam bei mir nicht an. Sein Verhalten bildete in allen Einzelheiten eine überaus belasten-de Indizienkette. Doch ich hielt es für ratsam, ihn über meinen Verdacht nicht aufzuklären. Das entscheidende war, daß mir jeder Beweis fehlte.

Später, als wir schon unterwegs waren, kehrte er noch einmal um, vor-gebend, er müsse seine Sachen ein zweites Mal durchsehen. Ich ging mit ihm, ließ ihn nicht aus den Augen, vielleicht wollte er mein Geld, meine Dollarschecks in Sicherheit bringen. Ich benutzte die Gelegenheit auch dazu, um nachzusehen, ob meine Flugkarten noch da waren. Wenigstens die waren nicht gestohlen!

Ich war jetzt fast ohne Geld. Das über die *Bank of India* aus Deutschland bestellte konnte noch lange auf sich warten lassen, also mußte ich meinen Bruder in Deutschland anrufen, damit er mir tele-grafisch etwas schickte. Doch an diesem Tag wollte nichts klappen. Dr. Avid, der plötzlich sehr besorgt tat, begleitete mich auf dem Weg zum privaten *communication-center*, von wo aus man angeblich besser nach Europa telefonieren und telegrafieren konnte als vom staatlichen

Telegrafenamt selbst, in dem es sich befand. In dem riesigen Gebäude an der *beach-station* fand sich Dr. Avid dann wieder in der Rolle eines Mannes, der es mit einem unverständigen Idioten zu tun hat: Ich lief in die eine Richtung, er in die andere, bis er plötzlich stehenblieb und mit den Händen gestikulierte. Hatte er das *communication-center* gefunden? Ich bezweifelte das, glaubte vielmehr, er wollte mich dazu bringen, direkt im Telegrafenamt zu telefonieren, wo man, wie ich gehört hatte, stundenlang auf den Anschluß warten mußte. Ich versteifte mich darauf, im *communication-center* zu telefonieren.

Dr. Avid winkte weiter, es war jetzt ein wütendes Winken. Ich hatte inzwischen zwei Inder nach dem *communication-center* gefragt, doch sie wiesen, wie sich gleich herausstellte, in die falsche Richtung. Dies nicht wissend, blieb ich stehen und zeigte kopfnickend auf die beiden Inder. Kopfschüttelnd (was in dieser Situation gleichzeitig westlich nein und östlich ja bedeuten konnte) gestikulierte Dr. Avid weiter. Als ich schließlich auf ihn zugegangen war, schrie er mich an: "You stupid idiot. Das *communication-center* ist hier. Lies: *Wegen Todesfalls geschlossen.*"

Wir gingen in das angeblich zeitaufwendige staatliche Telefonzentrum des Telegrafenamtes, ich gab die Telefonnummer meines Bruders in Westdeutschland auf. Dr. Avid sagte, er wolle noch etwas besorgen, doch dann wiederkommen. Während ich auf das Gespräch wartete, keimte in mir der Verdacht auf, daß Dr. Avid im Augenblick mein Wartenmüssen dazu benutzte, um die mir gestohlenen Dollarnoten schwarz gegen Rupien zu tauschen. Vor dem Telegrafenamt wimmelte es von nicht registrierten Geldwechslern. Obwohl doch jeden Augenblick mein Gespräch kommen konnte, stürzte ich aus dem Amt. Draußen standen die auf Kunden wartenden Geldwechsler, aber von Dr. Avid keine Spur. Ich lief zurück, gerade rechtzeitig, um vom Operator die Meldung zu bekommen, daß die von mir angegebene Nummer falsch sei. Er verband mich mit dem Vermittler vom Frankfurter Fernamt, der dies bestätigte. Inzwischen war Dr. Avid wieder zurückgekehrt. Wir verließen das Fernamt. In diesem Augenblick fiel mir die richtige Telefonnummer meines Bruders ein. Ich hatte nur zwei Zahlen miteinander vertauscht. Ich wollte noch einmal zurück ins Amt. Dr. Avid weigerte sich. Mit Recht. Wie sollte ich ein weiteres Gespräch bezahlen? Durch den mißlungenen Vermittlungsversuch war das meiste Geld, das ich noch hatte, draufgegangen.

Ich kam auf den Einfall, meinen Fotoapparat zu verkaufen, den ich bei mir trug. Doch vergeblich bot ich ihn in verschiedenen Fotoläden an. Ich fand dafür einen Mechaniker, der ihn in zwei Stunden reparieren wollte (der Verschluß klemmte). In der Zwischenzeit besuchten wir verschiedene Cafés, ohne uns für eins entscheiden zu können. Schließlich blieben wir in einem mit hochgelegener Dachterrasse sitzen. Ich nahm eine karge Reismahlzeit zu mir, löschte meinen Durst mit einigen Colas.

Dr. Avid erklärte mir, heute Nacht solle die Tantra-Zeremonie stattfinden. Das war der Gipfel! Er schien zu glauben, daß ich irgendwo noch Geld vergraben hatte - für das Hotel und für die Frau. Ich sagte ihm nur, daß ich keine Lust mehr dazu hätte. Doch Dr. Avid bestand darauf. Ich gab nach. Sollte er doch das Ritual bezahlen wenn er wollte. War es nicht ein Sakrileg, es mit einem Idioten wie mir zu vollziehen? So fuhren wir, nachdem wir den reparierten Fotoapparat abgeholt hatten, mit einer Motor-Rikscha wieder zum *Ayurvedic Massage Parlour* an der Poonamallee High Road.

Doch dort erklärte die Masseurin kurz und bündig nach einem Blick auf mich, sie könne nicht mit uns kommen. Sie habe für diesen Abend bereits eine Verabredung. Ich war erleichtert, das nicht zu bekommen, was ich mir so gewünscht hatte. Ich war wirklich am Ende. Eine Motor-Rikscha brachte uns zur Theosophischen Gesellschaft zurück. Auf Dr. Avids harter Truhe schlief ich diese Nacht schlecht. Am anderen Morgen hatte ich erneut Streit mit Dr. Avid. Er wollte mir für ein paar Dollar meinen Kassettenrekorder abkaufen, den ich als Diktiergerät benutzte. Ich erklärte ihm, der sei für mich wichtiger als der Fotoapparat. Er erklärte mir dagegen, der Kassettenrekorder sei für ihn wichtiger als für mich, der Preis, den er zahlen wolle, sei hoch genug, das Ding sei an sich überhaupt nichts wert. Ich wollte so schnell wie möglich aus dem Zimmer von Dr. Avid ziehen, was angesichts der wenigen Rupien, die ich noch besaß, fast eine Unmöglichkeit war.

* * *

Ich hatte mir angewöhnt, zu den Vorträgen über Hinduismus und Buddhismus zu gehen, die auf dem Gelände der Theosophischen Gesellschaft stattfanden. Unter den Vortragenden waren ein Swami namens Shrij A. und ein Lama namens Prof. S., der zusätzlich den hohen Titel Rinpoche trug, was besagt, daß er freiwillig wiedergeboren war, um die Lehre Buddhas zu verkünden.

Ein ayurvedischer Heiler im Publikum, mit dem mich Dr. Avid bekannt machte, riet mir zu einer vorläufigen Bleibe im ayurvedischen *Natural Cure Hospital*. Ich fand ein fast leeres gänzlich heruntergekommenes Krankenhaus vor. Der einzige Gast schien im Augenblick ich zu sein, und ich war nicht krank! Ein gandhihaft magerer Verwalter (Ärzte sah ich keine) verlangte eine Vorauszahlung (einen großen Teil meines letzten Geldes) und führte mich in einen kahlen Raum, dessen einziges Mobiliar aus einem Eisenbett mit Matratze bestand. Ich streckte mich darauf aus und entschloß mich, alles in Kauf zu nehmen (auch das karge Essen, das mir gereicht wurde, als sei ich wirklich ein Kranker) und verbrachte den Rest des Tages Sir John Woodroffes "Principles of Tantra" lesend.

Am nächsten Morgen traf ich auf dem Weg zur Theosophischen Gesellschaft, wo ich in der *Bank of India* nach meinem Geld aus Deutschland fragen wollte, den Swami Shrij A., dessen Vortrag ich gehört hatte. Ich kam mit ihm ins Gespräch und erzählte ihm, ohne Dr. Avid zu verdächtigen, von meiner Beraubung. Der Swami erklärte, daß er bei zwei reichen Dänen wohne, die im Augenblick verreist seien. Er lud mich in die Wohnung der Skandinavier ein. Solange diese fort seien, könne ich dort unterkommen.

Ich ging mit ihm mit. Der mehrstöckige Neubau, in dem sich die Wohnung befand, sah sehr europäisch aus. Es gab ein Spülklosett, die Küche wies fließendes Wasser und einen elektrischen Herd auf. Auch die Möbel europäisch. Der Swami bereitete mir ein zweites Kaffeefrühstück zu, danach holten wir mein Gepäck vom *Natural Cure Hospital* ab. Dazu mußte der Sohn der gerade abwesenden Köchin des Hospitals über dessen Mauer klettern - der Schlüssel des Hauptportals war im Schloss stecken geblieben.

Zu dritt brachten wir mein Gepäck in die Wohnung des Dänen. Nachmittags traf ich nach einem weiteren Vortrag des Lamas Prof. S. Rinpoche Dr. Avid und machte die Bekanntschaft einer alten Dame, die mir ein Quartier in ihrem Haus anbot - es handelte sich um den Hausflur.

Dr. Avid nahm mich beiseite und sagte, er habe eine neue Frau gefunden, die bereit sei, die Tantra-Zeremonie mit mir durchzuführen. Zum zweiten Mal hätte ich ihm fast einen Tritt gegeben oder ihn einen Dieb genannt, begnügte mich aber damit, den Vorschlag stillschweigend zu übergehen.

Nun sprach er von einem Doktor, der uns beide eingeladen habe. Ihm könnte ich meine Kamera für 600 Rupien verkaufen. Ich sagte, ich könne die Einladung nicht annehmen, da ich schon vom Swami Shrij A. eingeladen sei.

Daraufhin sagte Dr. Avid, alle, der Swami miteingeschlossen, könnten zum Doktor kommen, aber in der Motor-Rikscha, die uns zum Doktor bringen sollte, überlegte er es sich anders, und so landeten wir alle drei in der Wohnung der abwesenden Dänen, wo der Swami uns ein ausgezeichnetes vegetarisches Essen kochte.

Danach kam es zwischen dem Swami Shrij A. und Dr. Avid zu einem Disput über Vorzüge und Nachteile von Gurus. Der Swami sagte, alle Gurus seien zwar gut und weise, hätten aber Grenzen. Der Avatar zum Beispiel sei kein so guter Sprecher, er zaubere zwar eindrucksvoll, aber könne er Krebs heilen? Der Bhagvan dagegen sei ein hervorragender Redner, er sei intellektueller als der Avatar, aber weniger spirituell entwickelt.

Darauf entgegnete Dr. Avid mit Emphase, der Bhagvan verkörpere die wahre Revolution, die Welt habe es nur nicht gemerkt. Der Swami fragte zurück wieviel Anhänger der Bhagvan denn auf der Welt habe, obwohl er doch damit scheinbar nur wie ein Echo wiederholte, was Dr. Avid gesagt hatte, griff ihn dann aber, das Wort Revolution im Visier, scharf an, indem er hinzufügte: keiner könne heute die Welt ändern. Auch der Avatar bekam sein Fett ab. In Indien erkläre jeder, er sei Gott, deshalb gebe es hier so viele lebende Götter.

Ich erzählte, was der Avatar auf die in einem Artikel geäußerte Meinung Bhagvans, seine Lehre sei rückständig und mittelalterlich, geantwortet hatte: "Kann eine Ente ermessen wie tief der Ozean ist?" Darauf der Swami:

"Das ist eine logische Antwort. Nur ist der Avatar nicht der Ozean."

Nun interessierte es mich, was der Swami Shrij A. von Krishnamurti hielt, und ich berichtete von dem starken Eindruck, den sein kürzlich gehaltener Vortrag im *Krishnamurti-Foundation-Park* in mir hinterlassen habe. Doch der Swami verleugnete auch hier seine Skepsis nicht und goß Öl auf die Wogen meiner Begeisterung:

"Er kann gut reden, das ist alles. Er ist Poet, aber kein richtiger Philosoph."

Dann mußte ich ihm meine Kamera und meinen Tape-Recorder zeigen, den ich eigentlich gar nicht verkaufen wollte. Letzterer sei sehr verbraucht, die Kamera alt. Um mir zu helfen könne er mir 500 Rupien schenken. Ich könne den Fotoapparat irgendwo teurer verkaufen oder ihm gleichfalls schenken. Er verkaufe und kaufe nichts, verschenke nur oder nehme Geschenke an.

Ich ging auf diesen Handel mit Feigenblatt sofort ein, aber im Stillen wunderte ich mich darüber, mit welcher Eleganz er Regeln umging, scheinbar ohne sie außer Kraft zu setzen. Europäer sprachen diese Fähigkeit Jesuiten zu. Als er aber dann auch den Lama Prof. S. Rinpoche kritisierte, der in schlechtem Englisch zuviel über den *mind* und zu wenig über Buddha spreche, hörte ich auf, ihm zuzuhören.

Tatsächlich sprach der Lama beim nächsten Vortrag wieder über den *mind*. Der sei immer begrenzt. Philosophien, Religionssysteme beanspruchten die Wahrheit für sich. Nie sei der *mind* ganz frei. Man solle den *mind* aber in seiner eigenen Form belassen und ihn nicht durch Denken destruieren. Ein Mensch mit gutem Karmahintergrund könne die Erleuchtung vielleicht ganz leicht erlangen. Dann gebe es kein Gut und Böse mehr, irgendeine *mind*-Kontrolle sei dann nicht mehr nötig. Der gewöhnliche Mensch brauche aber, um dahin zu gelangen, moralische Gesetze und *mind*-Kontrolle. Rechneten sich vielleicht der Swami Shrij A. und Dr. Avid zu den durch gutes Karma Begünstigten, die, mehr oder weniger erleuchtet, auch einmal fünf gerade sein lassen konnten, was Gelöbnisse und Eigentumsverhältnisse betraf? Ich hoffte bei einem weiteren Vortrag von dem Lama Prof. S. Rinpoche am darauf folgenden Tag eine Antwort zu finden. Aber diesmal blieb der Lama ganz im Vagen und stellte die Wahrheit als unerreichbar dar. Was konnten mir solche Weisheiten geben, der ich weder an Wiedergeburt, Karma noch an das höhere Sein von Menschen glaubte, die in ihrer Spiritualität wie in einem Glas Alkohol schwammen? Ich war ernüchtert bis auf den Grund.

Noch am selben Tag sprach ich mit einem Verwaltungsangestellten der Theosophischen Gesellschaft. Ich erfuhr, daß er im selben Hause wohnte wie Dr. Avid. Er erklärte, dieser sei schon vor ein paar Tagen ausgezogen, ohne eine Adresse zu hinterlassen. Als ich ihm von meinem Aufenthalt in Dr. Avids Wohnung und dem Diebstahl meines Geldgürtels erzählte, meinte er, daß niemand von außen in die Räume des Hauses eindringen könne.

Mein Verdacht verdichtete sich zur Gewißheit. Hatte ich aber nicht durch meine Leichtsinnigkeit auch ein gehöriges Maß Schuld an dem Verlust? Dr. Avids Zynismus Frauen gegenüber (ständig sprach er auf der Straße welche an, was in Los Angeles angehen mochte, nicht aber in Madras), seine Hochstapelei vor Ayurveda-Ärzten (er gab sich als Direktor einer Privatklinik in Amerika aus), sein stets gelingender Versuch, auf meine Kosten zu dinieren und Motor-Rikscha zu fahren, ergaben zusammengenommen das Bild einer Persönlichkeit, der es kaum etwas ausmachte, moralische Grenzen zu überschreiten. Ich wußte, daß eine Persönlichkeit solchen Zuschnitts oft intellektuellen Rückhalt in Lehren fand, die höher- und minderwertige Menschen unterschieden, wobei den höherwertigen der Zweck die Mittel heiligen durfte, wenn es dem Augenschein nach, der bekanntlich trügt, zum Wohle aller geschah. Ich dachte dabei an Raskolnikovs Rechtfertigungstheorie des Verbrechens in Dostojewskis Roman "Schuld und Sühne", Nietzsches Verkündigung des Übermenschen aber auch an gewisse Gurus. Indem Dr. Avid mich mit erniedrigenden Ausdrücken wie *you stupid being, you bloody stupid man* traktierte, wollte er sich beweisen, daß ich nicht wert war, Geld zu besitzen, daß es moralisch richtig war, wenn mein Geld in seine Hände gelangte, die eines angehenden Ayurveda-Arztes, der es zur Vervollkommnung seiner

Heilkunst benutzte, die doch eines Tages anderen zugute kam. Hatte er mir nicht schon meinen Tape-Recoder mit der Begründung abnehmen wollen, dieser sei wichtiger für ihn als für mich? War es nicht so, als wollte mich der Avatar ständig von der Wahrheit seiner Lehre überzeugen, daß man sich nie mit *wicked men*, schlechten Leuten einlassen sollte, daß man sie nicht nur meiden, sondern hassen sollte wie die Pest? Nur unterteilte der Avatar damit die Menschen auch in höher- und minderwertige, rechtfertigte er seine Zauberei nicht auch als Mittel, von Sinneseindrücken abhängige Menschen auf den Pfad der Tugend zu bringen? Ich dachte auch an die Rede des Lama Prof. S. Rinpoche vom Gedankenfilm, den es zu unterbrechen gelte. Lief nicht ein solcher gerade in meinem Kopf? Und löste dieser Gedankenfilm in mir nicht ununterbrochen Haßgefühle aus?

* * *

Als ich an dies alles dachte, saß ich gerade in einem Restaurant. Der Schnitt durch den Gedankenfilm führte mich in den Alltag zurück. Ich machte einen Kassensturz. Meine Barschaft war auf 112 Rupien zusammengeschmolzen. Auf der *Bank of India* war noch immer nicht das vor längerer Zeit bestellte Geld angekommen. Deshalb wollte ich morgen ein zweites Mal versuchen, meinen Bruder in Deutschland anzurufen, aber ich wollte auch zum Deutschen Konsulat gehen und dort um einen Kredit bitten. Wenn das nicht klappte, könnte ich noch dem Drucker von der Theosophischen Gesellschaft meine Lupe verkaufen! Und dann gab es da noch den Tape-Recorder!

Der Gedanke an Geld machte mich kühn. Ich wollte nach Colombo und von dort aus nach Bangkok fliegen. Schon im Zimmer, das ich zusammen mit anderen *devotees* (wie fremd war mir diese Bezeichnung geworden!) bewohnte, hatte ich diese Idee einmal geäußert, wurde aber nicht ernst genommen; der Rechtsanwalt aus Singapur Dr. Nahom wollte sich gerade ausschütten vor Lachen, und ich stimmte in das Lachen ein als hätte ich wirklich nur einen Witz machen wollen. Außer mir waren alle ernsthafte *devotees*, und ich hatte mitten im Lachen beschlossen, so zu tun als wäre ich einer von ihnen. In der Bibliothek der Theosophischen Gesellschaft hatte ich in einer englischen

Ausgabe des *Dhammapada* gelesen und war auf diesen erschreckenden Ausspruch gestoßen: "Solange das Dickicht männlichen Verlangens nach Frauen bis zum letzten Sämling nicht vollständig ausgejätet ist, solange ist sein *mind* gefesselt, so fest wie ein saugendes Kalb an seine Mutter gebunden ist." Nun war diese auf Buddha zurückgehende Textsammlung hauptsächlich in den Ländern des strengen Theravada-Buddhismus gebräuchlich und mochte in erster Linie für Mönche bestimmt sein, doch tat sich mir bei der Lektüre dieses Satzes eine Wüste auf, in die ich mich zu verlieren glaubte, hatte ich erst einmal seine Wahrheit begriffen.

Mich verlangte es nach Farben, Gerüchen, nach Emotionen, nach physischer Nähe. Es schien mir kein so schlechtes Los, Gefangener seiner Sinne zu sein. Was mich fesselte, faszinierte mich ja auch. Vollkommene Illusionslosigkeit würde mich als Gerippe zurücklassen. Und nebenbei bemerkt: die Gurus, die ich getroffen hatte, besaßen alle ihr Hintertürchen zur Sinnlichkeit. Nachdem ich vergeblich auf Gitas Gegenliebe gehofft hatte, verlangte es mich nach realen Genüssen. Welch ein süßer Schwindel ergriff einen, wenn man der Versuchung nachgab! Zwar setzte ein solches Nachgeben einen in den Augen seiner Mitmenschen herab - eine weltweite Heuchelei legt Zeugnis davon ab -, doch mir, bindungslos wie ich war, machte es nichts mehr aus, wie andere mich beurteilten. Hatte der Swami Shrij, der mir das Meditieren beibringen wollte, mir nicht vorwerfen kön-nen, daß ich unkonzentriert sei, nicht zuhören könne, kurz "meine Intelligenz verloren habe", ohne daß mir das etwas ausmachte? Doch zum Schluß kamen mir Zweifel: Mußte ich nicht mit dem Herzen dabei sein, wenn ich mit der Haut etwas empfinden wollte?

Es war schon dunkel, als endlich der Junge kam, der mir den Weg zum Haus der alten Witwe zeigen sollte, die mir einen Schlafplatz auf dem Flur angeboten hatte. Ich hatte von einem Geschäft aus eine billige Liege hinschaffen lassen und sah mit einem wohligen Gefühl der Nachtruhe entgegen. Doch als der Junge mich von der Endhaltestelle des Busses durch ein Chaos von Hütten und Häusern ohne Straßenanbindung zum Haus der Witwe führte, schauderte es mich doch bei dem Gedanken, daß ich am nächsten Abend diesen weglosen Pfad allein würde zurücklegen müssen und daß es vergeblich war, sich irgendwelche baulichen Merkmale einzuprägen, denn es war stock-dunkel. Hinzu kam noch, daß im ummauerten Hof, der das schließlich erreichte Haus von der sogenannten Straße trennte (sie hatte keinen Namen), uns wütend ein großer schwarzer Hund anfiel, der von der Wirtin erst in den Käfig in der Hofecke gesperrt werden mußte, ehe wir den parterre gelegenen Flur betreten konnten, an dessen Wand schon meine Liege stand.

Am nächsten Tag regnete es in Strömen. Ich war im Museum gewesen, wo ich den vergoldeten tanzenden Shiva bewunderte, der mir mehr Lebensfreude als den ihm zugeschriebenen Asketismus auszudrücken schien; hatte mich vom Swami Shrij A. verabschiedet, der den Kauf der Liege mit dem Argument kritisierte, für den Preis hätte ich eine Nacht in einem guten Hotel verbringen können und wäre unabhängig geblieben; hatte gleichzeitig auf dem deutschen Konsulat und auf der *Bank of India* das inzwischen angekommene Geld abgeholt und irrte nun im dem dunklen Viertel ohne Straßennamen auf der Suche nach einem Haus mit einem bösen Hund umher, die Taschen voller Geld. Ich konnte überfallen werden, kein Schreien würde mir in dieser Gegend nützen, man konnte mich leicht abstechen, ausnehmen und durch Regen und Schlamm zu irgendeiner Abfallgrube schleifen. Warum hatte ich mich nicht in der Nähe der Adyar-Brücke in irgendeinem Hotel eingemietet?

Als ich nach über einstündigem Irrlauf schließlich durchnäßt vor dem Haus stand, mußte ich feststellen, daß der Hund auf dem Hof frei herumlief und die Wirtin, die ihn in den Käfig hätte sperren können, nicht da war. Ich öffnete die Hoftür einen Spalt, doch der Hund ließ sich nicht beruhigen, auch durch das Wort "Tantra" nicht. Es schien geradezu lächerlich, solch ein Wort in Gegenwart eines Hundes auszusprechen. Als die Wirtin schließlich kam - sie hatte einen Besuch in der Nachbarschaft gemacht - schalt sie mich aus: "Der Hund kennt Sie doch inzwischen. Sie hätten ruhig über den Hof gehen können."

Es regnete weiter. Das Taxi, das mich am anderen Morgen vom Haus der Wirtin zum Flugplatz von Madras brachte, glich einem kleinen Tragflächenboot. Ich rechnete jeden Augenblick fest damit, daß der Fahrer mit den Worten "hier komm' ich nicht durch" umkehren würde. Die Monsunzeit hatte begonnen!

In Colombo gelandet ließ ich mich sofort zum preiswerten Ex-Servicemen's Institute bringen. In dem männlichen Einzeltouristen vorbehaltenen Teil waren die Zellen - so mußte man sie schon nennen - nur durch Maschendraht voneinander abgetrennt, wodurch sie Bienenwaben glichen. Nach dem Vorbild der Hängematte konstruiert befanden sie sich in einem ständigen, fast unmerklichen Schaukelzustand, der einen sanften Schwindel hervorrief. Etwas Zugluft vertrieb kaum die Dünste, die von den zahllosen Männern jeden Alters ausgingen. Da jedes Zimmer eine eigene Beleuchtung besaß, wurde es erst um Mitternacht ganz dunkel, wobei schwer zu entscheiden war, ob nun alle Männer gleichzeitig die Lichtschalter betätigt hatten, oder ob die Leitung des Hauses dafür verantwortlich war.

Nach einer fast schlaflosen Nacht - ich hielt eine kleine, noch in Madras als Ersatz für den Geldgürtel gekaufte Ledertasche mit Geld und Papieren gegen meine Brust gepreßt - frühstückte ich in der Trinkhalle des Ex-Service und betrachtete dabei die an der Wand hängenden Fotos von Churchill und der englischen Königin, in deren Diensten die einstmals hier Kampierenden gestanden haben mußten. Das Hotel war gewiß kein Ausweis für deren Großzügigkeit. Was nun? Zu Füßen des Hotels saßen in langen Reihen Straßenhändler, die Flugkarten in alle asiatischen Länder zu verbilligten Preisen feilboten. Ich fand bald einen Tamilen, der mir ein Rundreiseticket Colombo-Bangkok-Rangoon-Kathmandu-Colombo anbot. Fast hätte ich es genommen - es war vergleichsweise billig -, aber mich schreckte doch das burmesische Visum ab, das, wie ich gehört hatte, schwierig zu bekommen war und so schob ich erst einmal die Entscheidung auf, um einen Ausflug ins Landesinnere zu machen.

In Kandy, wo ich in einer kleinen Pension übernachtete, traf ich beim Frühstück eine sehr streng und selbstbewußt wirkende Engländerin namens Lynn, die mit dem Sohn des Wirtes als Fahrer einen Autoausflug zu der Bergfestung Sigiryar plante. Da von Kandy kein Bus zu der 90 km entfernten Sehenswürdigkeit fuhr, nahm ich die Gelegenheit wahr und bat, an dem Unternehmen teilnehmen zu dürfen. Auf dieser Fahrt begegneten wir häufig Ruinen von Häusern, die an den Bürgerkrieg zwischen Tamilen und Singhalesen erinnerten. Der Sohn des Wirtes versicherte uns, daß es damit nun vorbei sei. Um uns zu zerstreuen, zeigte er uns eine riesige Gewürzplantage. Schließlich kam der jäh in den Himmel ragende 370 Meter hohe Felsmonolith in Sicht. Ihn krönte im frühen Mittelalter der Festpalast eines Vatermörders.

Sein bemerkenswertes Leben ist Wort für Wort überliefert, erfuhren wir. Von buddhistischen Mönchen zunächst wegen seiner Freigiebigkeit geduldet konnte er achtzehn Jahre lang in dieser uneinnehmbaren Fluchtburg verweilen und mittels Boten das Land regieren. Dann tauchten jedoch Truppen seines im Exil lebenden Halbbruders auf, um Rache zu nehmen. Der Vatermörder machte den Fehler, seine himmlische Festung zu verlassen und dem Halbbruder siegesgewiß mit einem wohlgerüsteten Heer entgegenzutreten. Doch die Schlacht entschied ein dummes Mißverständnis. Ein Sumpf zwang den Vatermörder, seinen Elefanten einen Umweg nehmen zu lassen, was das nachfolgende Heer als Signal zum Rückzug deutete. Dieser fiel so chaotisch aus, daß der überraschte Herrscher die Schlacht für verloren hielt und Selbstmord beging.

Der Aufstieg war schwindelerregend, noch mehr der Abstieg. Das galt für diesen Herrscher - aber nicht auch für mich, der ich mich an die Bewältigung dieses Felsmonolithen wagte?

Ich bemühte mich, meinen Schwindel vor Lynn, der Engländerin zu verbergen, obwohl ich nicht im geringsten Gefühle für sie hegte.

Von Kandy aus unternahmen wir, Lynn, der Wirtssohn und ich einen weiteren Auto-Ausflug nach Nuwara Eliya, dem höchstgelegenen Ort Sri Lankas. Wir besuchten den 10 km entfernten botanischen Garten Hakgala. Lynn schlug meine Einladung, mit ihr einen Spaziergang um den kleinen See zu machen zunächst aus, willigte erst ein, als der Sohn des Wirtes seine Teilnahme ankündigte. Ich folgte den beiden als Ausgeschlossener und somit Tauber und Blinder, bekam aber noch mit, daß der Treffpunkt für die Rückfahrt das Grand Hotel war. Am Nachmittag traf ich zufällig ein Paar - er Italiener, sie Deutsche -, die einen Jeep suchten. Sie wollten zur Touristenattraktion "World's End". Auf meine Nachfrage wurde mir erklärt, daß dort eine Felswand fast 1500 Meter senkrecht in die Tiefe stürze und man über das Tal von Kalu Ganga bis zum Indischen Ozean sehen könne. Ich erwähnte unseren Treffpunkt, und die dort anzutreffende Engländerin Lynn, die vielleicht auch an diesem Ausflug Interesse habe. Wir könnten zusammen einen Jeep mieten. Das Paar versprach, sich abends im Grand Hotel einzufinden. Doch als wir drei abends nach dem Lunch zum Parkplatz aufbrachen, fiel Lynn in einen nicht abgedeckten Wassergraben - sie mußte zurück und sich umziehen - und so kamen wir erst um 20.30 Uhr zu dem Grand Hotel. Von dem Italiener und der Deutschen keine Spur.

Wir setzten uns in den Kaffeeraum. Ich bestellte Schokolade. Am Nebentisch hatte ein distinguierter Herr mit einer ceylonschen Schönheit Platz genommen. Es stellte sich heraus, daß der Herr - ein Engländer - Reiseführer schrieb. Und er hieß mit Vornamen Robert, seine Begleiterin mit Vornamen Lynn!

Ich überlegte, ob das ein gutes oder ein schlechtes Omen sei. Es war ein schlechtes.

Als ich ihm von unserem Plan berichtete, am nächsten Morgen World's End zu besuchen, sagte der Engländer, daß es ein großes Risiko sei, am Vortag ein teures Auto für die vier Meilen zu bestellen, weil keiner vorher sagen könne, ob am nächsten Morgen bei Sonnenaufgang Nebel herrschen werde oder nicht. Er riet mir, tags darauf besser nach Ella zu fahren. Als ich am nächsten Morgen aus dem Fenster schaute, war der Himmel bewölkt, auch war Nebel aufgestiegen. "World's End" fiel als Reiseziel also aus.

Am nächsten Morgen fuhren wir mit dem Bus nach Nuwara Elyya, wo wir auf den Bus nach Bandarawela & Ella warten mußten, wo ich aussteigen wollte, während Lynn die Absicht hatte, weiterzufahren. Auf der Fahrt regnete es. Die Hügellandschaft hätte mich an deutsche Mittelgebirge erinnern können, wenn da nicht ein dunkelgrauer Elefant die Straße entlang getrottet wäre. Schließlich ließ ich mich gegen Mittag auf der Terrasse vom Ella Resthouse nieder und bestellte Tee und Käse-Sandwiches. Deutlich war das Rauschen eines Wasserfalls zu hören. Um ihn zu sehen, ging ich bis zur Spitze der Terrasse und sah rechts einen mit Strauchwerk bewachsenen Felsen und geradeaus in ein tief eingeschnittenes Tal. Ich erfuhr auch, daß man bis zum Wasserfall eine dreiviertel Stunde laufen müsse. Bei gutem

Wetter könne man dort aus den Nationalpark und auch den Wasserfall sehen. Irgendwo gab es auch einen Tempel, der an den Ort erinnern sollte, wo, wie es im *Ramayana* heißt, der Dämonenkönig Ravana Sita gefangen hielt. Doch der mir gezeigte Weg dorthin war so steil und so beschwerlich, daß ich bald aufgab und stattdessen zu einem buddhistischen Felstempel weiter unten pilgerte (oder stieß ich nicht, im Dickicht verirrt, zufällig auf ihn?). Ein freundlicher Mönch, den ich hier in der Einsamkeit nicht vermutet hätte, trat auf mich zu und schloß den Tempelraum auf, der von einem mächtigen Felsen überhangen war. Er zeigte mir ein Buch mit einer handschriftlichen Eintragung, welche die Geschichte des Felstempels betraf. Dann die Bitte um eine Geldspende für die Unterhaltung dieses Bauwerks, der ich nachkam. Ich ließ mir den Weg zurück zum Ella Guesthouse zeigen. Auf den Wasserfall und den Sitz des Dämonenkönigs verzichtete ich.

Nachdem ich mich in Kandy fast einen ganzen Tag lang in die Reihe der Wartenden gestellt hatte, die alle eine Reliquie, nämlich den Daumen Buddhas, sehen wollten und abends noch an einem Feuerlaufen teilgenommen hatte, fuhr ich mit dem Frühzug zurück nach Colombo. Durch das Abteilfenster konnte ich noch einen Blick auf Adam's Peak werfen, einen Gipfel, der von Sagen aller Religionen umrankt ist. So soll er Adams erster Aufenthaltsort nach seiner Vertreibung aus dem Paradies gewesen sein, weshalb arabische Seefahrer, die sich an ihm orientierten, ihn "Berg des Vaters Adam" nannten. Buddhisten und Hindus erkannten Fußabdrücke von Buddha, Shiva oder Lakshmana.

Ich bedauerte, die fast rituelle Besteigung dieses Gipfels verpaßt zu haben - wegen nichts. Jedoch - warum sammelte ich eigentlich solche Sehenswürdigkeiten? War das nicht gleichfalls "für nichts"? Die bodenlose Leere des Touristendaseins ekelte mich im Grunde genommen an. Man hangelte sich von Höhepunkt zu Höhepunkt, um schließlich festzustellen, daß alle, waren sie erst einmal erreicht, Tiefpunkte waren. Tiefpunkte verpaßter Gelegenheiten. In meinem Abteil machte ich Bekanntschaft mit einem ceylonschen Eisenbahningenieur und seiner unverheirateten Schwester - als solche stellte er sie mir vor. Sie war von einer strengen Schönheit, wir tauschten scheue Blicke - bis mir Gita einfiel. Wo mochte sie jetzt wohl sein? Floh ich vor meinen Erinnerungen an sie? Der Eisenbahningenieur lud mich gleich nach Negombo ein, wo er wohnte. Ich bedankte mich. Eigentlich würde ich für diesen Besuch keine Zeit mehr haben, obwohl es von Colombo bis dorthin nicht weit war. Aber das sagte ich ihm nicht. Er lud mich auch nach Afrika ein, wo der Ingenieur mit seiner Schwester für drei Jahre hinziehen wollte, um das Eisenbahnnetz zu verbessern. Es war offensichtlich, daß er mich zum Schwiegersohn auserkoren hatte.

In Colombo erinnerte ich mich daran, daß eine Reisebekanntschaft namens Katharina mir eine Pension empfohlen hatte, an der Straße nach Mt. Lavinia, leicht mit dem Bus zu erreichen. Ich holte mein Gepäck vom Ex-Servicemen's Institute ab. Es war ein großes Haus und ich nicht der einzige Gast, und es gab keine wirkliche Trennung zwischen den Gästen und der vielköpfigen Familie, der ich sofort uneingeschränktes Vertrauen schenkte. Die älteste Tochter fand mich gar nicht deutsch aussehend und "smart". Freundlich, aber gleichmütig, nahm ich das Kompliment entgegen. Doch ich erinnerte mich daran, daß mein Hausgott der Zufall mich eigentlich noch niemals im Stich gelassen hatte.

Hatte Gita mir nicht erzählt, sie wolle auf dem Rückflug Station in Colombo machen, und von dort aus einen der vielen Badeorte aufsuchen, um wenigstens einmal auf der Reise im Meer gebadet zu haben? Der nächste Küstenort südlich von Colombo war Mt. Lavina und so beschloß ich, mit dem Bus dort hinzufahren. Doch so oft ich auch die Straßen des kleinen Ortes auf- und abwanderte und meinen Blick über den palmengesäumten Strand gleiten ließ - Gita ließ sich nicht blicken und mir wurde plötzlich meine Nachlässigkeit bewußt. Statt dem höchst launischen Gott des Zufalls die Regie zu überlassen, hätten wir ihm ein bißchen nachhelfen können, indem wir beispielsweise vereinbart hätten, uns gegenseitig per poste restante Colombo über unsere jeweiligen Aufenthaltsorte und Rückreisepläne zu informieren. War es deshalb nicht dazugekommen, weil ich im Augenblick des Abschieds Gita schon aufgegeben hatte?

In Colombo erfaßte mich eine wahre Leidenschaft für Masken, und bald hatte sich in fast jedem Geschäft, das ich aufsuchte, ein Pappkarton randvoll mit diesen mich magisch anmutenden zweiten Gesichtern angesammelt, bereit, an meine Berliner Adresse abgeschickt zu werden, sobald nur Rechnung und Porto bezahlt waren - vesteht sich, daß dies niemals geschah. Nach solchen Streifzügen ging ich meistens irgendwo essen - mit irgend jemandem, den ich irgendwo aufgelesen hatte, manchmal wurde ich auch eingeladen.

An einem der letzten Tage in Colombo gabelte ich einen jungen Touristen auf, der behauptete, außer seinem Rückflugticket alles, was Geldeswert besaß, verloren zu haben. Da er das Ticket nach Frankfurt für denselben Tag gebucht hatte wie ich, lud ich ihn ein, das Bett zu benutzen, das noch in meinem Zimmer stand.

Zum Dank bot er mir eine Koksprobe an, und da ich das Zeug noch nie probierte hatte, schnupfte ich den vorsichtig auf ein Glas gestreuten weißen Streifen durch einen gerollten Geldschein in mein Nasenloch und schrieb sogleich wie unter Diktat einen sehr surrealistischen Text. Doch so schnell die Inspiration gekommen war, so schnell war sie auch wieder weg. Etwas zeitversetzt nach dem Blitz der Inspiration kam der furchtbare Donner der Kopfschmerzen - die ganze Nacht durch. Und ich beschloß, nie mehr Koks zu nehmen. Als er mir anderntags wieder einen Streifen anbot, lehnte ich ab.

Der dritte Tag war unser Abflugtag und ich beschwor ihn, wenigstens während des Fluges *clean* zu bleiben. Am besten sei es, alles was er an *Schnee* bei sich trage, wegzuwerfen. Sonst würden wir beide Schwierigkeiten bekommen. Er versprach beides, hielt sich aber nicht daran. Es war ganz offensichtlich, daß er wieder geschnupft hatte. Da er sich unauffällig benahm, und auch ich Ruhe bewahren konnte, weil ich es strikt abgelehnt hatte, irgend etwas Verbotenes für ihn zu schmuggeln, kamen wir unbehelligt durch.

* * *

Nicht lange nach meiner Rückkehr bekam ich in Berlin einen Anruf von Gita. Sie kündigte nichts Geringeres als ihren Besuch an. Ich lud sie ein, in meiner Wohnung zu nächtigen. Mein Sohn sei auch da. Gita sagte, sie komme nicht allein sondern mit ihrer Freundin Mona, die ich ja vom Ashram her kannte. Ich sagte, auch für sie hätten wir ein Bett frei. Es ließ sich alles wunderbar an. Gita und Mona bekamen das breite Ehebett, ich nahm mit dem Bett meines Sohnes vorlieb und Al kampierte auf dem Sofa im Wohnzimmer.

Gita wollte tanzen gehen und so fuhr uns Al denn zur Bhagvan-Disco neben der Schaubühne am Lehniner Platz und ich drehte mich um Gita wie ein trauriger, weil mit viel Nacht beladener Planet um die Sonne und wurde Opfer einer Ekliptik: Immer wenn ich mich meiner Sonne körperlich näherte, beispielsweise um einen Kuß zu wagen, schnitt mich ein Mond namens Mona von ihr ab, und gelang es mir einmal, meinem Nachtgestirn ein Schnippchen zu schlagen, hielt mir Gita, die strahlende, statt ihrer Lippen ihre Wangen entgegen. So verlief - natürlich in Variationen - der ganze Abend. Den nächsten Tag waren wir wieder unterwegs - das Literarische Colloquium hatte zum Sommerfest auf einen Wannseedampfer eingeladen - und der dritte Tag war bereits der Tag des Abschieds.

Daß ich nie mit Gita allein sein konnte, führte dazu, daß ich sie mit meinem Heiratsantrag ganz ohne die notwendige Vorbereitung konfrontierte. Er muß in ihren Ohren eher wie ein Hilferuf als wie eine Liebeserklärung geklungen haben. Und so hörte ich aus ihrer Antwort eher Erschrecken als Zustimmung heraus.

Die eigentliche Antwort stand in einem Brief, den sie mir von ihrem Wohnort aus schrieb. Er bestand aus lauter rätselhaften, einander aufhebenden Sätzen. Ich sei in Indien nur ein Spielball ihrer Launen gewesen, ja, sie habe mir Schmerzen zugefügt. Dadurch, daß sie sich das eingestanden habe, sei sie meinem Herzen ein Stück näher gekommen. Dann, indirekt auf meinen Antrag antwortend, sprach sie von ihrer Angst vor der Endgültigkeit jeder Entscheidung und ihrem Wunsch, daß wir gute Freunde blieben. Ja, die Angst vor der Endgültigkeit jeder Entscheidung war auch mir nicht fremd.

Manchmal genügte in so einem Fall ein kleiner Anstoß, um die Dinge auf den Weg zu bringen. Aber als ich sie anrief und mein Kommen ankündigte, bat sie mich dringend, es nicht zu tun und schob ihre Arbeit vor.

Dann hörte ich anderthalb Jahre nichts von ihr. Als dann tatsächlich wieder ein Anruf kam, traf er mich wie ein Blitz aus heiterem Himmel. Ich war nicht allein in der Wohnung. Heidemarie stand neben mir. Später gestand mir meine neue Freundin, sie habe gleich gewußt, wer angerufen habe. Kein Wunder, sie hatte die Rohfassung meines Indien-Romans gelesen. Und jetzt war die geliebte, etwas gedehnte weibliche Stimme aus der Vergangenheit in die Gegenwart geraten mit einer schlimmen Botschaft: Ein Mann, den sie geliebt hatte, habe sie und das gemeinsame Kind verlassen. Jetzt wisse sie nicht, was sie machen solle.

"Aber *du* hast doch Erfahrungen mit Adoptionen", sagte sie, auf meinen Sohn Al anspielend, den ich tatsächlich adoptiert hatte.

"Soll ich gehen?" meldete sich jetzt meine Freundin Heidemarie. Einen Augenblick stand alles auf Messers Schneide. Dann schüttelte ich den Kopf. Oder genauer: Jemand in mir schüttelte ihn. Jemand in mir veranlaßte mich, Gita zu sagen, daß ich Besuch hatte und zu fragen, ob sie nicht morgen wieder anrufen könne ...

Zu meinem Erschrecken legte sie ohne Gruß auf. Zu meinem Erschrecken schwieg darauf jemand in mir. Dennoch wartete ich den ganzen nächsten Tag, es war ein Montag, auf ihren Anruf.

Fast zehn Jahre sollte es dauern - inzwischen hatte mich Heidemarie einer plötzlich wieder aufgetauchten Jugendliebe wegen verlassen -, bis ich es wagte, die Nummer von Gita zu wählen. Ich war sehr froh, mit einer sehr ausgeglichenen Frau sprechen zu können. Doch was sie mir zu berichten hatte, machte mich sehr traurig. Ja, es habe sie bei unserem letzten Telefongespräch sehr verletzt, wie ich auf das, was sie sagte, reagierte und natürlich habe sie gewußt, daß da eine andere Frau im Spiel war. Ich fragte nach ihrem Kind und was es sich zu Weihnachten wünsche und erhielt die lakonische Antwort: Bücher. In diesem Wunsch sah ich einen Hoffnungsschimmer. Ein dickes Paket ging in den nächsten Tagen an die Tochter ab. Die Frage, ob es wieder einen Mann in ihrem Leben gebe, stellte ich dabei nicht. Eines Tages - ich hatte es mir zur Gewohnheit gemacht, sie von Zeit zu Zeit anzurufen, weil das Hören ihrer Stimme immer noch wie das Sichwärmen an einer Glut war, meldete sich am anderen Ende der Leitung die ganz andere Stimme eines jungen Mannes, der sich auf meine Nachfrage als Gitas Ehemann vorstellte. "Ihr Gedicht für Gita ist das erste Gedicht, das ich nach meiner Schulzeit wieder gelesen habe", bekannte er im Lauf unseres kurzen Gesprächs. Ich stellte daraufhin meine Anrufe ein.

Ein Fehler. Vielleicht hätte ich Gita gratulieren sollen.

Ebenfalls bei **Kairos**Edition

MEIN LEBEN - EIN SPIEL.
EIN PORTRAIT DES KOMPONISTEN
VICTOR FENIGSTEIN

VON
FRITZ HENNENBERG

UNTER MITWIRKUNG VON
LUC DEITZ

KairosEdition

Selbst Pianist und Schüler von Emil Frey und Edwin Fischer legte Fenigstein als Komponist - zeitgleich mit Luigi Nono und vor Hans Werner Henze - auf dem Gebiet der zeitgenössischen klassischen Musik in ihrer gesellschaftlichen Stellungnahme Gültiges vor. Das Leben eines Komponisten mit maßgeblicher Ausstrahlungskraft. Unter seinen Hauptwerken: das Singespiel für die Opernbühne *Die Heilige Johanna der Schlachthöfe* (Bertolt Brecht) und die Vertonung sämtlicher 154 *Sonette* von Shakespeare

Gebunden, 181 S., 22 Euro
Mit 30 Abbildungen
Isbn 2-9599829-0-8

MEIN LEBEN - EIN SPIEL
EIN PORTRAIT DES KOMPONISTEN VICTOR FENIGSTEIN
von Fritz Hennenberg, unter Mitwirkung von Luc Deitz

Für Fenigstein ist das Komponieren zugleich eine künstlerische wie eine moralische Aufgabe. Fast alle seine Werke weisen über ihre primäre Bestimmung als Musik hinaus. Schon in den fünfziger Jahren hatte Fenigstein sich - damals höchst ungewöhnlich - für die Verbindung von Musik und politischem Dokument entschieden. Als einer der ersten seiner Generation hat er sich dabei auch, an die progressiven Traditionen der zwanziger Jahre anknüpfend, an die Einheit von politischer und künstlerischer Avantgarde gehalten.

www.ingramcontent.com/pod-product-compliance
Lightning Source LLC
Chambersburg PA
CBHW022150020726
47496CB00008B/2641